야산에 묻혀 버렸더니 6

2023년 10월 5일 초판 1쇄 인쇄
2023년 10월 11일 초판 1쇄 발행

지은이 소수림
발행인 강준규.

기획 이기헌 왕소현 임동관 박경무 강민구 조익현
책임편집 천기덕
마케팅지원 이원선

발행처 (주)로크미디어
출판등록 2003년 3월 24일
주소 서울시 마포구 마포대로 45 일진빌딩 6층
Tel (02)3273-5135 Fax (02)3273-5134
홈페이지 rokmedia.com E-mail rokmedia@empas.com

값 9,000원

ISBN 979-11-408-1164-9 (6권)
ISBN 979-11-408-1158-8 04810 (세트)

UTOPIA

야산에 불 혀뻐렸더니

소수림 현대 판타지 장편소설 **6**

ROK
MEDIA

로크미디어

CONTENTS

흥미로운 것이 올라왔다

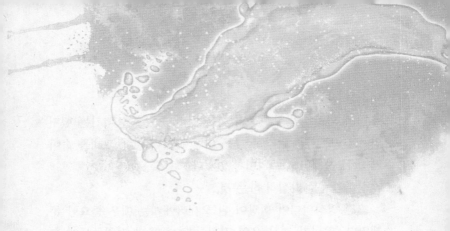

　명성미디어 회장실.

　"제가 생각이 짧았습니다! 회장님의 마음을 헤아리는 것이 부족했던 점에 대해서 사과드립니다!"

　도혁수가 오세라에게 사과했다.

　그동안 명성금융 총수 주현문에게 두터운 신임을 받고 있다는 것에 뭔가 착각했다.

　결국 그는 아무것도 아닌 존재였다.

　사과는 하고 있지만 마음이 착잡했다.

　'흥! 도 실장도 이제야 느끼는 바가 있겠지. 아무리 외할아버지에게 신임을 받고 있다 해도 넌 절대 나를 못 이겨!'

　오세라는 고개를 숙인 도혁수를 바라보며 속으로 회심의

미소를 지었다.

비록 외조부인 주현문의 힘을 빌려 도혁수를 꺾기는 했지만, 그래도 자존심 강한 그를 이렇게 그녀 앞에 고개를 숙이게 만든 자체만으로 의미가 있었다.

상하관계를 확실히 하는 것.

그건 명성미디어 회장이 된 오세라에게는 매우 중요한 문제였다. 그녀가 회사 운영 경험이 없다 보니 직원들에게 그녀보다 도혁수의 말발이 더욱 크게 작용하고 있는 분위기였다. 언젠가는 그걸 바로 잡아야만 했는데 이번의 일로 확실한 서열 정리가 된 셈이었다.

"도 실장님의 사과를 받아들이죠. 사람이 살다 보면 실수도 할 수 있는 일이니까요. 난 룸살롱에서의 일을 더는 마음에 담아 두지 않을 테니 도 실장님도 그렇게 하세요."

"회장님의 너그러운 선처에 감사드립니다."

"도 실장님. 운이 좋은 편이네요. 지금은 우리가 서로 반목할 때가 아니라 합심해야 하는 시기니까요. 만일 광고 경쟁만 아니었다면 이번 일 이렇게 쉽게 넘어가지 않았을 거예요. 진짜 기분 더러웠거든요."

오세라의 발언에 도혁수의 주먹에 힘이 가해졌다.

"앞으로 더 노력하겠습니다."

"좋아요. 도 실장님이 노력을 하겠다니 한번 믿어 보죠. 더 할 말이 없으면 그만 나가 봐요. 나 이따가 마사지숍에 들

러야 하니까 오후 스케줄은 비워 놓도록 하고요.”

“알겠습니다.”

회장실에서 나온 도혁수.

옥상으로 올라온 그는 오세라에게 받은 스트레스를 담배를 피우는 것으로 대신했다. 끊었던 담배였는데 오세라로 인해 다시 피우게 된 것이다.

‘명성미디어의 앞날도 뻔하겠군.’

도혁수가 생각하기에 오세라는 회장감이 아니었다.

그릇이 아닌 존재를 그가 옆에서 아무리 잘 보필한다고 해도 한계가 있을 것이다. 게다가 그에게 사과까지 받았으니 오세라는 더욱 막 나갈 것이 분명했다.

도혁수의 조언을 간섭이라고 생각하여 무시하려 들 것이다.

‘오세라 회장과의 골이 깊어지지 않으려면 무조건 참는 수밖에.’

마음을 비웠다.

총수 주현문의 외손녀.

그가 상대할 수 없었다.

담배꽁초를 정리하고 옥상 문으로 다가섰는데.

웅웅!

핸드폰이 진동음을 토해 냈다.

유토피아 대표 석기에게 붙여 놓은 하수인은 당분간 미행을 중지하라고 했으니 그쪽 연락은 아닐 것이고, 역시 다른 전화였다.

정보통으로 고용한 하수인 연락이다.

－오늘 은가비라는 여자가 MB방송국 토크쇼에 출연할 예정이라는 정보입니다.

"은가비라면 H사의 신상 가방을 거래했던 셀럽 아냐?"

－맞습니다. 일전에 명성미디어에서 130억을 들여서 은가비의 신상 가방을 사들였습니다. 오늘 MB방송 토크쇼에서 그것에 관한 얘기가 나올 것이라고 합니다.

"혹시 은가비란 여자가 방송에 출연하게 된 것에 유토피아와 연관이 있나?"

－그것에 대해선 아직 밝혀진 것이 없습니다.

"흐음, 다른 문제는?"

－오성전자의 분위기가 어딘지 심상치 않습니다.

"정확히 어떤 점이?"

－오성에서 이번에 출시할 냉장고를 오늘부터 소외 계층 사람들에게 기증한다는 정보를 입수하게 되었습니다.

"오늘부터 오성 냉장고를 소외 계층 사람들에게 기증한다고?"

－거기에다 유토피아에서 생산한 생수까지 추가로 말이죠.

"유토피아에서 생산한 생수?"

도혁수는 유토피아에서 화장품 다음으로 생수 사업에도

뜻을 두고 있다는 것을 진즉에 눈치채고 있었기에 그곳에서 생수를 사람들에게 기증한다는 것을 듣고도 크게 당황되지는 않았다.

하지만 시기가 문제였다.

그것도 오성 냉장고를 기증하는 날에 맞춘 것이다.

'혹시 내가 모르는 뭔가 있는 건가?'

도혁수의 침묵에 하수인이 조심스레 자신의 의견을 밝혔다.

─하여간 무슨 꿍꿍이로 그런 행동을 하고 있는 건지 정확한 내막은 파악하지 못했지만…… 오성전자도, 유토피아도 분위기가 뭔가 수상한 것은 사실입니다.

"이 문제에 대해선 좀 더 돌아가는 상황을 파악한 후에 다시 보고하지."

─알겠습니다.

도혁수는 하수인과 통화가 끝나자 핸드폰을 꽉 거머쥐곤 잠시 생각에 잠겼다.

이번 광고 경쟁은 사실상 따지고 보면 오성전자와 알지 핸드폰의 싸움이라 봐도 좋았다.

하지만 오성 냉장고 광고에 유토피아 연예인이 2명이나 광고 모델을 하게 되고, 반대로 알지 핸드폰 광고에는 명성엔터 소속의 진수아가 모델이 되면서부터 자연스럽게 유토피아와 명성의 경쟁으로 이어지게 된 것이다.

'이건 솔직히 오장환이 유토피아 대표를 찍어 누르기 위해 시작한 싸움이라고 보는 것이 정확할 거야. 그러다 오장환이 갑자기 회장 자리에서 물러나는 바람에 이제는 오세라가 유토피아를 상대하게 된 상황이고. 오세라는 결코 유토피아 대표의 상대가 되지 못할 터.'

하지만 안타깝게도 오세라는 그렇게 생각하지 않는다는 것이 문제였다.

'일단은 내려가서 오세라에게 알리는 것이 좋겠다. 머리가 있다면 오세라도 분위기가 뭔가 수상하다는 것쯤은 인식하긴 하겠지.'

도혁수는 옥상에서 내려왔다.

명성금융 총수 주현문에게 실망은 했지만 아직 그는 명성 쪽에 몸을 담고 있는 상태였다.

하수인이 전달한 정보.

어쩌면 이번 광고 경쟁에 커다란 파문을 일으킬 것이라는 불길한 느낌이 들었다.

❁

도혁수가 오세라를 찾아왔다.

그러자 오세라는 조금 전에 회장실을 떠났던 도혁수가 호출하지도 않았는데 다시 그녀를 만나고자 찾아온 것에 크게 반갑지 않다는 기색으로 쳐다봤다.

'이 인간이 왜 또 온 거지?'

오세라는 오늘은 더는 도혁수의 얼굴을 보고 싶지 않았다.

정확히는 도혁수의 말에 휘둘리고 싶지 않았다.

아무래도 그녀는 회사 운영 경험이 없다보니 자꾸 도혁수의 페이스에 말려들 소지가 있었기에 적어도 사과를 받은 오늘만큼은 거리를 두는 것도 좋았다.

"무슨 일이죠?"

절로 오세라 목소리가 뾰족했다.

이에 도혁수의 눈빛도 살짝 날카롭게 빛나긴 했지만 공손히 응대를 이어갔다.

"정보통으로 부리는 하수인에게 이상한 얘기를 들었습니다. 아무래도 회장님께서도 알고 계시는 것이 좋을 듯싶어서요."

"대체 무슨 얘기인데 그러죠?"

장황하게 서두를 떼는 도혁수 분위기에 오세라는 괜히 짜증이 치밀었다.

자존심이 강한 도혁수다.

어쩌면 아까 사과를 한 것에 대한 보복으로, 혹은 그녀를 휘어잡기 위해 별반 중요하지도 않은 정보를 과대 포장해서 그녀를 긴장시키려는 속셈일 수도 있었으니 말이다.

"회장님께서도 인기 셀럽인 은가비 씨에 대해서 들어 보셨을 거라 생각합니다.”

“그래요, 듣긴 했죠. 근데 그 여자가 왜요?”

뜬금없는 은가비 얘기에 오세라가 어이없다는 기색으로 도혁수 얼굴을 빤히 주시했다.

쉽게 도혁수의 도발에 넘어가 줄 생각이 없었기에.

“은가비 씨가 오늘 MB방송국 생방 토크쇼에 출연할 것이라고 하더군요.”

“그 여자가 토크쇼에 나오든 말든 그게 나랑 무슨 상관이죠?”

오세라의 적의를 눈치챈 도혁수의 기분은 좋지 못했다.

딴엔 자신의 역할에 최선을 다하겠다고 정보통에게 전해 들은 정보를 오세라에게 알려 줄 의도로 찾아왔는데 정작 상대의 반응은 영 떨떠름해 보였으니 말이다.

“회장님께서도 잘 알고 계실 것이라 생각하지만 은가비 씨가 H사의 명품 신상 가방을 명성에 130억을 받고 넘긴 상태입니다. 오늘 MB방송 토크쇼에서 은가비 씨가 그것에 관한 얘기를 할 것이라는 말이 있더군요.”

“그럼 잘된 일 아닌가요?”

“잘된 일이라고요?”

“그 여자가 신상 가방에 대한 이야기를 방송에서 푼다면 오히려 우리가 제작한 알지 핸드폰 광고를 시청자들에게 대신 홍보하는 격이 될 테니 말이죠. 우리로선 손해 볼 것이 전혀 없는 일이잖아요. 안 그래요?"

오세라는 도혁수를 무시하는 눈빛으로 쳐다봤다.

이런 허술한 정보로 자신을 휘두르려 하다니 어림도 없다고 생각했다.

"하지만 예감이 좋지 않습니다."

도혁수는 자신이 가져온 정보를 너무 쉽게 생각하는 오세라의 태도가 마음에 들지 않았다.

솔직히 도혁수는 은가비가 왜 하고 많은 날 중에서 하필 오늘 MB방송 토크쇼에 출연해서 신상 가방에 대한 썰을 푼다는 것이 영 꺼림칙한 기분이었기에.

"예감이 좋지 않다는 이유라도 있나요? 그리고 도 실장님의 그런 생각을 제가 꼭 동조해야 할 필요가 있는 일인가요?"

오세라는 한번 도혁수에 대한 반감을 갖게 되자, 그가 하는 말이 순수한 의도로 들리지 않았기에 자꾸 시비조로 나오게 되었다.

그걸 도혁수도 간파했지만 지금은 회사를 위해서 그녀를 설득하는 일이 필요했기에 참았다.

"일단 셀럽 은가비 씨가 방송에 출연하게 된 것이 명성이 접촉해서 벌어진 일이 아니란 점이 마음에 걸립니다. 그리고 하필 양쪽 광고가 매스컴에 선을 보이는 하루 전날에 이런 일이 벌어진 것도 수상쩍게 생각되기도 하고요."

하지만 도혁수의 노력에도 오세라는 여전히 그가 그녀를

휘어잡기 위한 용도로 이런 저런 이유를 갖다 붙인다고 오해했기에 입에서 고운 말이 나오지 못했다.

"그걸 굳이 그렇게 생각할 필요가 있을까요? 도 실장님도 핸드폰 광고를 찍을 때 불태운 명품 가방이 세간에 커다란 화제로 작용한 거 잘 아실 텐데 그러네. 그러니 방송에 그 여자를 출연시키는 것도 결국은 화제몰이가 이유겠죠."

"만일 그것이 아니라면요?"

도혁수의 예리한 눈빛에 오세라가 움찔하긴 했지만 위축된 기색을 그에게 보이기 싫었기에 더욱 과장하듯이 나왔다.

"어머! 도 실장님 그렇게 안 봤는데 너무 허술하시네. 외할아버지 밑에서 지낼 때는 그게 통했을지 몰라도 나는 그런 방식 별로 안 좋아해요. 나를 설득시키려면 보다 확실한 정보를 갖고 오세요. 그 여자가 누구로 인해 방송에 출연하게 되었으며, 토크쇼에서는 무슨 말을 하려는지 멘트를 정확하게 알아 오든가요. 그럼 믿어 볼게요."

그러자 상황이 이쯤 되자 도혁수로서도 결정을 내려야만 했다. 말귀를 못 알아먹는 오세라에게 더는 설명할 마음이 없어졌다.

도혁수가 정보원에게 들은 소식 중에서 아직 오세라에게 밝히지 않은 중요한 내용이 더 남아 있었지만, 그녀와 이제 더는 말을 섞고 싶지 않았다.

"제가 착각했군요. 저는 사과를 드렸고 회장님께선 그것을 받아들였다고 여겼는데, 아직 회장님 마음속에 저에 대한 반감으로 가득한 모양입니다. 이만 나가 보겠습니다. 제가 하는 조언이 쓸모없는 간섭처럼 여겨지시는 모양이니 말이죠."

"조언도 조언 나름 아닌가요? 과대 포장된 정보로 나를 긴장시켜 나를 휘어잡겠다는 의도가 뻔히 보이는데 어떻게 좋게 생각하죠?"

"그렇게 생각하신다면 저도 더는 할 말이 없습니다. 나중에 광고 경쟁에서 패했다고 저를 원망하지나 마십시오. 저로선 최선을 다했으니까요."

"걱정 말아요. 도 실장님의 조언이 아니더라도 충분히 알지 핸드폰 광고가 오성 냉장고를 압도할 수 있을 테니까요."

"이만 나가 보겠습니다."

도혁수는 더는 오세라를 상대할 가치가 없다고 생각하여 회장실에서 나와 버렸다.

두 사람의 골이 더욱 깊어져 버렸다.

❁

봉천동에 사는 박순자 할머니.

박순자 할머니에게 가족이라고는 달랑 열 살짜리 손녀 하나가 전부였다.

집도 반지하 단칸방 월세였고 벌어 놓은 돈도 없었기에, 박순자 할머니는 어린 손녀를 키우기 위해서 열심히 폐휴지를 줍는 일을 해서 겨우 끼니를 연명하고 있었다.

하루 세 끼 중에서 세 끼를 다 먹는 경우는 거의 없었고, 그중에서도 점심에는 라면으로 대충 요기를 하고는 했다.

오늘도 점심 무렵이 되자 박순자 할머니는 라면을 끓였다. 그나마 계란 하나를 풀게 되었는데, 그것은 손녀가 먹을 그릇에 담게 되었다.

"아람아, 라면 다 끓였다. 어여 밥 먹자."

"물병은 내가 냉장고에서 꺼낼게, 할머니."

"그래. 우리 아람이 아주 착하네."

"히히."

어려운 가정 형편으로 인해 물질적으론 풍족하게 해 주지는 못해도 박순자 할머니는 손녀를 많이 사랑했고, 그런 할머니의 사랑을 받으며 자란 손녀의 표정은 밝았다.

타악!

손녀가 냉장고를 열어 물병을 꺼냈는데 갑자기 무슨 이유인지 아이가 고갤 갸우뚱거렸다.

"할머니 냉장고 고장 났나 봐. 물이 하나도 안 시원해."

"물이 안 시원해?"

"응, 만져 봐, 할머니."

"어어? 정말이네?"

박순자 할머니네 집에서 사용하고 있는 냉장고는 작년에 폐휴지를 줍기 위해 거리를 돌아다니다가 발견한 폐가전 냉장고였다.

10년도 훨씬 넘은 낡은 냉장고였지만 그럭저럭 음식물을 보관하는 데 문제가 없어서 잘 사용하고 있었는데, 결국 고장이 나 버린 모양인지 더는 냉기가 나오지 않았다.

"며칠 전부터 냉기가 시원찮더니 고장 난 모양이구나. 이따가 동네에 버려진 다른 냉장고가 있는지 한번 돌아봐야겠다."

"나도 함께 갈래."

"아녀, 추운데 아람이는 집에 있어. 할머니가 후딱 다른 냉장고를 찾아볼 테니까."

박순자 할머니는 어린 손녀 앞에서 걱정스러운 표정을 지을 수 없었기에 웃으며 넘어갔지만 속내는 빨리 점심을 먹고 밖을 돌아다녀 볼 생각이었다.

그렇게 라면으로 점심을 때우고 설거지까지 마친 박순자 할머니가 막 현관으로 나선 순간.

딩~동!

밖에서 인터폰 소리가 들렸다.

얼른 문을 열어 보았더니 커다란 박스를 가져온 작업복을 걸친 이들이 박순자 할머니를 향해 물었다.

"박순자 할머니 되십니까?"

"맞아요. 제가 박순잔데요. 무슨 일이시죠?"

"저희는 오성전자에서 나왔습니다. 할머니 댁에 냉장고를 기증하고자 찾아왔습니다."

"냉장고를 기증한다고요?"

"네, 할머니! 어디에 설치해 드리면 될까요?"

"그게……."

안 그래도 냉장고가 고장 난 상황이라 반가웠다.

하지만 난데없는 선물에 할머니는 적응이 안 되었다.

"대체 누가 기증한 거죠?"

"은가비 씨가 기증을 했습니다. 그리고 여기 생수는 유토 피아에서 기증을 한 것이고요."

"생수까지 기증했다고요?"

"네! 두 가지 모두 공짜로 기증하는 것이니 전혀 걱정하지 않으셔도 됩니다. 그럼 할머니 저기 냉장고 있는 자리에다 설치하면 되겠죠?"

"그, 그러세요."

작업복을 걸친 이들이 고물 냉장고를 밖으로 끄집어내고 그 자리에 반짝거리는 새 냉장고를 설치했다. 박순자 할머니는 고가의 냉장고가 공짜로 생겼다는 것에 크게 감격한 기색이었고, 아람이란 손녀 역시 잔뜩 흥분한 기색이었다.

"와! 새 냉장고다! 할머니! 냉장고 대따 좋아! 헤헤!"

"그려! 참말 좋구나!"

박순자 할머니가 보기에도 황홀할 정도로 멋진 냉장고였

다. 그동안 고물 냉장고를 사용하다 새것인 냉장고를 집안에 들이자 갑자기 부자가 된 기분마저 들었다.

"감사합니다! 정말 감사합니다!"

"아저씨, 감사합니다! 헤헤헤!"

작업복을 걸친 이들이 떠나자 조손은 냉장고 앞에 서서 기뻐 어쩔 줄을 몰라 했다.

냉장고를 손으로 조심스레 쓸어 보기도 했고, 문을 열고 감탄한 눈으로 안을 살펴보기도 했다.

"할머니! 저거 생수. 마셔도 돼?"

"그려, 할미가 컵에 따라 줄게."

냉장고와 생수. 두 가지를 기증받은 상황이었지만 박순자 할머니와 어린 손녀는 냉장고에 정신이 팔려 생수는 깊게 생각하지 못했다.

성수가 내포된 생수로 나중에 시판될 시 10만 원이나 해당하는 고가의 생수였지만, 조손에게는 마트에 파는 일반 생수와 다를 바가 없다고 생각하고 있었기에.

"응? 할머니! 물맛이 이상해."

"물맛이 이상하다고?"

"완전 맛있어! 최고! 최고!"

"그려? 어디 할미도 마셔 볼까?"

조손이 사이좋게 500ml 생수 한 병에 들어 있던 물을 반씩 나눠서 마셨다.

그런데 어린 손녀에게는 이제까지 마셔 본 생수 중에서 가장 맛있는 물이란 인식을 준 생수였지만, 나이가 많아 몸이 여기저기가 아픈 박순자 할머니의 반응은 아무래도 손녀와는 뭔가 달랐다.

"허어! 참말 이상한 물이구먼."

무엇보다 생수를 마시고 났더니 쿡쿡 쑤시던 위가 너무나도 편안해졌다. 그리고 삭신이 쑤시던 것도 사라지고 몸에 활력마저 느껴졌다.

"왜 그래 할머니?"

"이건 생수가 아니라 약수인가 보다."

"약수가 뭐야?"

"몸에 아주 좋다는 약수가 분명해. 그렇지 않고선 물을 마셨는데 몸이 이렇게 좋아질 리가 없지."

"헤헤, 그럼 좋은 거네?"

"그럼! 이런 훌륭한 약수를 기증해 주다니 참말 고맙네. 우리 아람이가 착해서 복이 들어온 거여."

"헤헤헤!"

박순자 할머니는 어린 손녀의 머리를 쓸어 주면서 환하게 웃었다. 처음에는 고가의 신상 냉장고에 정신이 나갔던 박순자 할머니는 유토피아 생수를 맛보고 나자 남은 9개의 생수병을 보물단지처럼 여기게 되었다.

"안녕하세요. 권호범 할아버님 되시죠?"

"그렇습니다만…… 누구시죠?"

"저희는 권호범 할아버님께 오성 냉장고를 기증하기 위해 찾아왔습니다!"

"오성 냉장고를 준다고요?"

"네! 생수도 함께 기증할 겁니다!"

"이걸 모두 공짜로 준다고요?"

"네! 모두 공짜입니다!"

"대체 누가 기증한 거죠?"

"오성 냉장고는 은가비 씨가 기증하는 것이고, 생수는 유토피아에서 기증하는 겁니다."

앞서 박순자 할머니 집에서 벌어졌던 것과 비슷한 현상이 전국 여기저기서 벌어지고 있었다.

처음에는 다들 고가의 신상 냉장고에 정신을 빼앗겼던 사람들은 나중에 생수를 마시고는 신비로운 효과를 경험하게 되었다.

한편, 강남의 Q마사지숍.

재력가들이 주로 이용한다는 고급 마사지숍으로 소문난 곳이다.

"수고했어요."

오세라가 이곳을 방문했다.

그녀는 마사지가 끝나자 옷을 갈아입고 휴게실로 나와 차를 마시게 되었는데, 뜻밖에도 그곳에서 알지 핸드폰 광고 모델을 했던 진수아와 진수아 모친 백유란을 만나게 되었다.

"안녕하세요, 오세라 회장님! 여기서 뵙게 되네요."

나이는 백유란이 더 많았지만 오세라는 명성미디어 회장이라는 위치였기에 백유란이 먼저 오세라에게 인사했다.

"수아 양은 아직 나이도 어린데 이런 곳을 다니긴 좀 뭣하지 않나요?"

오세라는 백유란의 인사에 진수아를 거만스레 쳐다보더니 비아냥거리듯이 나왔다.

오세라와 시선이 마주쳤는데 진수아가 시선을 회피한 것이 괘씸했던 탓이다.

이에 눈치 빠른 백유란이 얼른 딸 진수아를 위해 변명하듯이 나왔다.

"수아가 요즘 스트레스를 많이 받아서요. 전신 마사지는 스트레스 회복에도 도움이 되니까 제가 억지로 이곳에 데리고 왔답니다."

"수아 양은 무슨 스트레스를 그렇게 받은 거죠?"

"그게……."

백유란은 설마 오세라가 대놓고 이런 질문을 할 줄은 몰랐기에 당황한 기색이었다.

실은 알지 핸드폰 광고 촬영장에 나타나 딸 진수아에게 온갖 스트레스를 주었던 주범이 바로 오세라였기에 말이다.

하지만 그걸 오세라에게 곧이곧대로 밝힐 수는 없는 일이었기에 그녀가 둘러대듯이 나왔다.

"회장님도 알다시피 내일 핸드폰 광고가 매스컴에 선을 보이는 날이잖아요. 그것 때문에 수아가 걱정이 되나 봐요."

백유란의 변명에 오세라는 일부러 더욱 진수아를 도발하듯이 나왔다.

"내 상식으론 이해가 안 되네요. 핸드폰 광고 모델이라면 당연히 자신이 찍은 광고에 자신감을 가져야 하는 거 아닌가? 그 정도로 배포도 없다면 실망인데요."

진수아는 모친 백유란의 권유로 스트레스를 풀려는 의도로 찾아온 마사지숍에서 오세라를 만난 것에 기분이 아주 잡친다는 기색이었다.

핸드폰 광고 촬영 때도 그러더니 지금도 사람을 무시하는 태도를 보이는 오세라가 너무 짜증스러웠다.

"자신감과 스트레스는 다르죠. 오세라 회장님도 이곳에 스트레스를 해소하러 오신 걸 텐데, 그렇다고 자신감이 부족해서 그런 것은 아니잖아요. 근데 오늘은 회장님 곁에 도혁수 실장님이 보이지 않으시네요?"

진수아의 부친은 명성금융 전무이사였다. 어제 진수아 부친과 모친이 강남 룸살롱에서의 일로 오세라와 도혁수 사이가 벌어졌다는 것에 대해 얘기를 나누는 것을 들었는데, 오세라가 먼저 도발해 오자 그걸로 받아쳐 버렸다.

'어린 것이 건방지게!'

오세라 눈에서 불꽃이 일었다.

그동안 알지 핸드폰 광고 촬영장을 이틀마다 찾아가서 실컷 진수아를 눌러 주었다고 생각했다.

하지만 지금 진수아의 태도를 보니 그 정도로는 기가 죽을 아이가 아님을 눈치챘다.

그렇다면 더욱 밟아 주면 될 터.

"수아 양, 혹시 착각할까 싶어서 하는 말인데. 알지 핸드폰 광고가 대박을 터트리게 되면 그건 수아 양이 모델 노릇을 잘해서 그런 것이 아냐. 300억이나 투자한 명품 가방을 불태운 덕분에 화제를 끈 효과일 테니까."

오세라 말에 진수아의 얼굴이 확 붉어졌다.

말을 해도 정말 얄밉게 말한다.

그래서 오기가 더욱 일었다.

"저는 그렇게 생각하지 않아요. 명품 가방을 불태운 것으로 화제는 끌게 되었을지는 모르나 오히려 핸드폰 광고의 이미지에는 나쁜 영향을 끼쳤을 것으로 보거든요. 그러니 만일

알지 핸드폰 광고가 오성 냉장고 광고에 밀린다면 그건 모두
명품 가방을 불태워 버린 일 때문일 거라고 보면 될 거예요."

진수아는 사실 핸드폰 광고에 명품 가방을 불태우는 신을
꽤 좋게 생각했지만 오세라에게 질 수 없다는 오기로 그만
선을 넘었다.

이런 분위기에 진수아 모친 백유란이 하얗게 질린 기색으
로 오세라를 향해 얼른 사과했다.

"죄송합니다, 회장님! 철없는 아이의 말이니 신경 쓰지 마
세요. 수아야! 얼른 회장님께 잘못했다고 사과드려!"

그러자 한번 꺼낸 말을 이미 주워 담을 수는 없는 노릇이
었기에 진수아가 더욱 반발하듯이 나왔다.

"아뇨, 시작은 오세라 회장님이 먼저 하셨는걸요."

진수아의 뻣뻣한 태도에 오세라 입꼬리가 비틀어졌다.

"참으로 건방지구나! 좋아. 만일 네 말대로 알지 핸드폰
광고가 명품 가방을 불태운 걸로 문제가 된다면 그때는 이번
일을 그냥 넘어가 주마. 대신 그렇지 못할 경우에 네 아비가
찾아와 나한테 정식으로 사과해야 할 거야."

"……!"

부친을 언급하는 오세라 태도에 진수아는 그만 거머쥔 주
먹을 부르르 떨어대게 되었다.

오기로 인해 일을 키운 것이다.

하지만 그렇다고 오세라에게 사과하는 것은 죽기보다 싫

었다.

그러던 바로 그때였다.

누군가 급히 안으로 들어왔다.

비서실장 도혁수 대신 마사지샵에 데려온 여비서가 당황한 기색으로 오세라를 향해 보고를 했다.

"회장님! 지금 TV를 보시는 것이 좋겠습니다."

"TV?"

오세라가 인상을 팍 찡그렸다.

여비서가 TV를 보라는 말에 순간 한 가지 짚이는 구석이 있었던 탓이다.

"알지 핸드폰 광고에 들어간 H사의 신상 가방을 130억을 받고 넘겼던 셀럽 은가비 씨가 TV에 출연했는데요. 근데…… 분위기가 뭔가 이상합니다."

"대체 어떤 분위기이기에 그래?"

"직접 보시는 것이 좋겠습니다."

여비서가 휴게실 TV를 틀었다.

※

한편, MB방송 생생 토크쇼 현장!

그곳에 참석한 유토피아 대표 석기였다.

하지만 석기가 자리한 곳은 방청객들을 위한 객석이 아니라, 토크쇼 PD 곁에 마련된 부스에 앉아서 귀빈처럼 토크쇼 진행 과정을 지켜보고 있는 상황이었다.

사실 은가비가 오늘 토크쇼에 출연하게 된 것은 모두 석기의 공이라 볼 수 있었다.

게다가 MB방송국 사장 한성후, 그는 유토피아엔터 소속인 한여진의 부친이기도 했지만, 석기와도 두터운 인맥을 갖고 있다. 그런 상황이다 보니 아무리 토크쇼에서 왕 노릇을 하고 있던 연출 PD도 석기를 함부로 대할 수가 없었다.

"……!"

그런 석기의 눈에 앞쪽에 설치된 모니터에 토크쇼 진행자인 MC들과 오늘 토크쇼 초대 손님인 은가비의 모습이 보였다.

방금 MC들이 오늘 토크쇼에서 풀기로 한 떡밥에 대해 슬쩍 분위기를 띄운 상태였기에, 이제부터 본격적인 토크쇼가 진행될 터.

바로 그때였다.

PD가 사인을 주자 밝았던 무대 조명이 살짝 무겁게 가라앉더니, 그걸 신호로 메인 MC가 준비한 멘트를 시작했다.

[은가비 씨! 그러니까 알지 핸드폰 광고에 들어간 H사의 신상 명품 가방을 거래하고 받은 130억으로 오성 냉장고를 구입했다는 소문이 사실이란 말인가요?]

메인 MC의 질문에 인기 셀럽답게 세련된 감각이 돋보이는 명품 의상을 걸친 은가비가 조용히 미소를 머금은 표정으로 대답을 했다.

[네, 사실입니다!]

은가비의 대답에 이번엔 개그맨 출신인 보조 MC가 굉장히 놀랍다는 표현을 연출하듯이 과하게 어깨를 으쓱거리는 리액션을 보이며 질문을 이어 나갔다.

[우와! 대박! 130억 원어치 냉장고라니 상상이 안 가네요! 혹시 은가비 씨! 냉장고 수집이 취미이신가요?]

보조 MC의 과도한 리액션에 은가비가 웃음을 터트리며 손사래를 쳐보였다.

[그럴 리가요. 호호! 오성 냉장고를 아주 좋아하긴 하지만 130억 원어치 냉장고를 집에 들이기엔 무리이지 않을까요?]

[그렇다면 대체 이유가 뭐죠? 왜 하고 많은 물건 중에서 오성 냉장고를 130억 원어치나 구입을 하시게 된 건가요?]

MC들의 궁금해하는 시선에 은가비가 머쓱한 표정을 지어보이며 대답했다.

[실은 제가 M미디어에 H사의 신상 가방을 넘기고 받은 130억으로 오성 냉장고를 구입하게 된 것은 죄책감을 덜기 위해 벌인 일이기도 해요.]

은가비의 대답에 MC들이 더욱 궁금해진 표정으로 다시 그녀의 대답을 요구했다.

[오오! 그렇게 말씀하시니 더욱 궁금한데요?]

[맞습니다! 아무리 죄책감을 덜기 위해서 벌인 일이라도 130억이나

되는 돈을 오성 냉장고를 구입하다니 말이죠! 아무래도 저희가 모르는 뭔가의 사연이 있나 보군요!]

은가비가 눈에 힘을 주고는 정면의 카메라를 지그시 주시했다.

그런 그녀 모습을 석기 역시 스튜디오 한곳에서 눈을 빛내며 지켜보고 있는 상황이었다.

방송이 시작되기 전.

실은 두 사람이 나눈 얘기가 있었다.

그녀는 유토피아 힐링센터에서 복부 흉터를 케어받은 대가로 석기와 한 약속이 바로 그것이었다.

130억으로 오성 냉장고를 구입하여 소외 계층 사람들에게 기증하게 된 것을 은가비의 이름으로 나가도록 말이다.

"아무래도 선행을 베푼 것에 대해 저보다는 신 대표님 이름으로 나가는 것이 좋겠어요. 저는 이미 복부 흉터가 사라진 것만으로 충분히 보상을 받았다고 생각하니까요."

"아닙니다. 정 마음이 불편하면 사업적인 이유라고 생각해 주세요. 선행을 베푼 것을 꼭 은가비 씨의 이름으로 나가야만 하는 이유는, 명성에 넘긴 H사의 신상 가방의 주인이 바로 은가비 씨이기 때문입니다. 제가 아닌 은가비 씨가 나서 줘야만 알지 핸드폰 광고를 찍기 위해 불태운 가방이 헛된 돈 낭비였다는 것을 확실하게 시청자들에게 어필할 수 있을 테니까요. 그리고 저는 유토피아 생수를 기증하게 되었으니 그걸로 충분합니다."

결국 은가비는 석기의 뜻을 따르는 수밖에 없었다.

은가비의 멘트가 시작되었다.

[M 미디어에 H사의 명품 신상 가방을 제가 100배로 부른 이유는 가방을 팔려는 의도가 아니라 상대가 체념하게 만들려는 의도였어요. 그런데 예상과는 달리 100배로 부른 제 말에 M미디어에선 고민 없이 130억이란 돈을 내놓더군요.]

은가비의 멘트에 MC들이 얼른 추임새를 넣었다.

[아하! 그게 그렇게 된 거군요!]

[그것도 모르고 은가비 씨가 돈독에 올랐다고 안 좋게 생각하는 사람들도 있던데. 그간 마음고생이 심하셨겠습니다.]

은가비가 MC들을 향해 어색하게 웃으며 고개를 끄덕여 주었다.

[그렇게 가방을 넘기고 기분이 좋지 않았어요. 어렵게 장만한 것도 있지만 제가 아끼던 가방이었으니까요. 더구나 그 가방을 M미디어에서 구입한 이유가 바로 핸드폰 광고에 사용하기 위한 것임을 알고는 마음이 많이 불편했어요.]

은가비의 숙연한 멘트에 MC들이 그녀의 생각을 동조한다는 듯이 고개를 끄덕거리며 진행을 이어 나갔다.

[M 미디어에서 은가비 씨에게 사들인 신상 가방이 R 기업의 핸드폰 광고에 사용한 것으로 알고 있습니다.]

[맞습니다! R 기업의 핸드폰 광고에 명품 가방을 불태우는 신을 넣은

것으로 세간의 커다란 화제가 되기도 했죠.]

　[핸드폰 광고를 제작하고자 명품 가방을 사들이는 데 M 미디어에서 투자한 자금이 300억 원가량이라고 들었습니다.]

　[오호! 그럼 300억을 죄다 불태워 버린 셈이 되겠군요.]

　[그중에 은가비 씨가 넘긴 가방도 속해 있을 테니 마음이 편치 않으신 점 이해됩니다.]

　그때 MC들이 주고받은 멘트를 잠자코 듣고만 있던 은가비의 얼굴이 토크쇼 연출 감독의 지시에 모니터 가득 클로즈 업 되었다.

　이에 은가비의 멘트가 시작되었다.

　[솔직히 M미디어에서 핸드폰 광고 촬영을 어떤 식으로 하든지 그건 자유겠지만, 300억이나 투자한 명품 가방을 불태운 일은 저에겐 상처였어요. 그래서 M미디어에 가방을 넘긴 대가로 받은 130억을 좋은 일에 써 보기로 결심했어요.]

　은가비의 멘트에 메인 MC가 얼른 멘트를 이어 나갔다.

　[그러니까…… 은가비 씨가 130억으로 오성 냉장고를 구입하여 소외 계층 사람들에게 기증한 것이 그런 이유에서였군요.]

　메인 MC의 말에 보조 MC는 이때다 싶었던지 호들갑스럽게 박수를 보내며 멘트를 쳤다.

　짝짝짝!

　[와우! 원더풀! 정말 대단한 일입니다! 300억 원어치 명품 가방을 허무하게 불태워 버린 R 핸드폰 광고와는 달리, 은가비 씨는 가방을 넘긴

대가로 받은 130억을 냉장고를 사서 불우한 사람들을 돕게 되었으니 말이죠!]

메인 MC도 웃으며 나섰다.

[130억이나 되는 엄청난 돈을 포기하고 그걸로 선행을 베푸신 은가비 씨야말로 이 시대의 수호천사가 아닐 수 없습니다!]

그러자 MC들의 격한 칭찬에 은가비가 수줍게 웃으며 멘트를 이어 나갔다.

[저만 칭찬을 받을 일은 아니죠. 오성전자 이한준 사장님께서 냉장고 가격을 절반으로 낮춰 주신 덕분에 더욱 많은 소외 계층 사람들에게 냉장고를 기증할 수 있게 되었어요. 이한준 사장님! 이 자리를 빌려 감사 말씀 전합니다!]

은가비 멘트에 MC들이 나섰다.

[역시 대기업이라 그런지 통 크게 나오셨군요. 절반 가격으로 냉장고를 밀어주다니 말이죠.]

[하해! 오성에서 냉장고 가격을 절반으로 깎아 준 것은 수호천사 은가비 씨의 아름다운 외모도 한몫을 한 것은 아닐까 싶죠?]

그때 화기애애한 분위기 속에 은가비가 앞에 놓아 둔 생수병을 카메라에 잘 보이도록 흔들어 보이며 멘트를 진행했다.

[그리고 이것도요! 유토피아 신석기 대표님이 제가 하는 일에 도움을 주셨어요. 생수를 소외 계층 사람들에게 기증하셨어요.]

그러자 PD의 배려 덕분에 은가비의 손에 들린 유토피아 로고가 들어간 생수병이 방송에 잠시 노출되었다.

[유토피아에서도 은가비 씨의 선행에 감격하여 동참을 하신 모양이군요.]

[신석기 대표님은 제가 이제까지 만난 사람들 중에서 가장 멋진 분이에요. 그리고 유토피아에서 생수를 소외 계층 사람들에게 기증한 이유는 효과 때문일 거라고 생각해요.]

은가비의 멘트에 MC들이 관심을 보였다.

[대체 생수에 어떤 효과가 있기에 그러죠?]

[그러게요. 겉으로 보기엔 그리 특별한 느낌은 들지 않는데요?]

MC들의 말에 은가비가 화사하게 웃으며 멘트를 이어 갔다.

[그동안 유토피아 제품들을 사용해 본 사람들이라면 알 거예요. 하나같이 신비로운 효과를 가져다준다는 것을요. 그런 점에서 생수 역시 마찬가지예요. 사실 제가 위가 많이 안 좋은 편이거든요. 그런데 방송 전에 생수를 조금 마셨는데 지금까지 속이 너무 편해요. 그리고 무엇보다 놀라운 점은 음식을 먹을 때 유토피아 생수를 함께 마시면 살이 찌지 않는다고 해요.]

MC들이 크게 놀란 표정을 지으며 멘트를 쳤다.

[그렇다면 제게 꼭 필요한 생수로군요! 제가 물만 마셔도 살이 찌는 체질이라서 말이죠.]

[생수를 어디서 살 수 있는 거죠? 저도 위와 장이 안 좋은데 상비약으로 구비해 놔도 좋겠습니다!]

MC들의 멘트에 은가비가 카메라를 향해 얼른 사과하듯

고개를 숙여 보이더니 멘트를 쳤다.

[죄송합니다! 유토피아 신석기 대표님! 그냥 생수를 기증한 얘기만 전하기로 했는데 효과가 너무 좋아서 저도 모르게 자랑을 해 버렸네요. 하여간 임상 실험 결과도 훌륭하고, 조만간 세간에 생수를 출시한다니 그때 구입하시면 될 거예요.]

메인 MC가 마무리 진행을 나섰다.

[잠시 리포터와 연결해 보겠습니다! 은가비 씨가 기증한 오성 냉장고와 유토피아에서 기증한 생수가 소외 계층 이웃들에게 전달되는 상황을 한번 확인해 보겠습니다!]

MC 멘트가 끝나자 리포터가 모니터에 비쳤다.

[안녕하십니까? 이곳은 봉천동 박순자 할머니 댁입니다! 오늘 오성 냉장고와 유토피아 생수를 기증받은 박순자 할머니를 모시고 잠시 얘기를 나눠 보겠습니다.]

리포터가 봉천동에 사는 박순자 할머니와 얘기를 나누는 모습이 TV에 보도 되었다.

냉장고가 고장 난 상황인데 갑자기 신상 냉장고를 공짜로 받고 거기에 몸에도 좋은 생수를 받은 것에 박순자 할머니는 행복한 표정으로 칭찬을 거듭했다.

그리고 끝으로 손녀에게 마이크가 주어졌다.

[우리 할머니가 몸이 아프셨는데 생수를 마시고 좋아져서 기뻐요! 감사합니다! 냉장고도 최고고, 생수도 최고예요! 저도 크면 냉장고와 생수를 나눠 준 사람처럼 멋진 사람이 되고 싶어요!]

박순자 할머니의 어린 손녀가 환하게 웃는 표정으로 엄지 척을 하는 모습이 모니터를 채웠다.

이에 석기가 빙그레 웃었다.

❀

한편, 마사지숍에서 TV를 봤던 오세라.

'빌어먹을!'

알지 핸드폰 광고에 명품 가방을 태운 것으로 대중에 크게 화제를 끌게 되었다는 것에 기고만장했던 그녀였다.

하지만 MB방송국의 생생 토크쇼를 보고난 오세라의 안색 이 똥색이 되었다.

거하게 뒤통수를 맞은 것이다.

오성 냉장고 광고와 알지 핸드폰 광고가 바로 내일부터 매 스컴에 노출되는 상황이다.

시간이 별로 없다.

MB방송국에서 그걸 노린 것일 수도 있다.

생생 토크쇼를 시청한 대중이 알지 핸드폰 광고를 어찌 생 각할지는 안 봐도 비디오였다.

'신석기 그놈 작품이 분명하다!'

이를 빠드득 갈아 댄 오세라.

그녀는 이번 일에 유토피아 대표 석기가 관여가 되었을 것이라 여겼다.

"당장 회사로 돌아가게 차를 대기시켜!"

"네! 회장님!"

오세라는 마음이 조급했다.

알지 핸드폰 광고. 그곳에 300억을 투자한, 명품 가방을 불태운 신을 광고의 하이라이트로 생각했다.

하지만 생생 토크쇼로 인해 명백히 비교될 터. 명품 가방을 불태운 일이 대중의 비난을 사는 광고가 되어 버릴 수도 있었다.

당장 대책 마련이 시급했다.

✿

명성미디어에 도착한 오세라.

막상 회장실에 들어선 그녀는 비상 회의를 소집하지 못하고, 그저 소파에 앉아 불안한 표정으로 손톱을 잘근잘근 깨물어 댔다.

생각을 정리할 필요가 있었다.

'은가비를 죽이고 싶다!'

이것이 솔직한 오세라 생각이다.

대중의 입장에선 은가비가 신상 가방을 명성미디어에 팔아서 받은 130억으로 오성 냉장고를 사들여 소외 계층 사람들에게 선행을 베푼 것으로 인해 오성 냉장고에 좋은 인식을 가질 것은 뻔했다.

게다가 그것만이 아니었다.

오성전자에서 은가비의 선행에 동참하여 절반 가격으로 냉장고 가격을 낮춰 준 것. 그리고 오성 냉장고 광고 모델의 소속사인 유토피아에서 생수를 기증한 것. 특히 유토피아 생수는 병원 치료를 받지 못하는 불우한 사람들의 건강을 챙겨 준 점으로 인해 더욱 점수를 따게 되었을 것이다.

반대로 알지 핸드폰 광고는 대중이 보기엔 광고를 찍고자 300억이나 되는 명품 가방을 불태운 일로 헛된 곳에 돈지랄을 한 최악의 광고로 취급할 것이 뻔했다.

'이 난국을 어떻게 대처해야 하지?'

손톱을 열심히 물어뜯던 오세라.

테이블에 놓아 둔 핸드폰을 노려봤다.

대책 마련이 시급했다.

이대로 가다간 광고 경쟁에서 패할 것이 분명했기에.

특히 이번 광고 경쟁은 명성미디어 회장이 된 오세라의 첫 번째 사업이란 점에, 회사에서 그녀의 입지를 구축하는 데 매우 중요하게 작용될 터였기에 무슨 일이 있어도 반드시 승리해야만 했다.

'하필 이럴 때 도 실장과 반목하고 있으니.'

도혁수가 필요했다.

하지만 룸살롱에서의 일로 도혁수와 사이가 좋지 못했다.

게다가 더욱 큰 문제는.

이미 도혁수가 셀럽 은가비가 MB방송 토크쇼에 출연한다는 정보를 입수한 뒤 예감이 좋지 못하다면서 오세라에게 경각심을 가질 것을 조언했다.

하지만 오세라는 도혁수의 조언을 무시했다.

심지어 도혁수의 자존심을 깔아뭉개고 싶었기에 그를 비아냥거리며 조롱하기까지 했다.

그랬는데…….

결국 도혁수가 우려했던 대로 일이 벌어진 것이다.

'그렇다면 도 실장 말고 명성미디어 직원 중에서 이번 문제를 해결할 인물이 누가 있을까?'

오세라가 이내 고개를 저어 댔다.

믿을 만한 인물이 하나도 없었다.

임원들에게 대책 마련을 요구했다간 책임을 지는 것을 회피하고자 다들 발뺌하기에 급급할 것이 뻔했다.

'이익! 분하지만 차라리 첫 번째 사업에서 패배를 하는 것보단 자존심을 굽히고 도 실장에게 도움을 요청하는 것이 나을지도.'

오세라는 손톱을 물어뜯던 동작을 멈추고 핸드폰을 잡았다.

지금은 다른 것은 모두 접어두고 오로지 회사 일만 생각하기로 했다.

"오세라예요. MB방송 토크쇼를 보셨는지 모르겠지만 이 대로 방관했다간 문제가 심각해질 것이라 봐요. 당장 대책마련이 필요하니 회장실로 오세요."

오세라는 순간적으로 도혁수에게 전에 은가비에 대한 조언을 무시했던 것에 대해 사과해야 하나 하는 생각이 들긴 했지만, 그건 만나서 하고자 생각했다.

솔직히 도혁수가 필요해서 이리 연락하긴 했지만, 아직 자존심은 남아 있었기에 말이다.

-제가 개인적인 사정으로 제주도에 내려와 있는 상태입니다. 지금 당장 회사에 나가는 일은 곤란할 듯싶습니다.

"뭐, 뭐라고요? 제주도?"

-회장님께 전화를 드렸지만 받지 않으시더군요. 해서 비서실에 말해 놓고 내려오긴 했습니다만 아직 연락받지 못하신 모양입니다.

오세라의 얼굴이 붉어졌다.

마사지숍에 있을 때 스트레스를 풀 목적으로 그곳을 방문한 것도 있었지만, 일부러 도혁수와 거리를 두려는 생각에 그의 연락받지 않을 의도로 핸드폰 전원을 꺼 놓았던 것이다.

물론 그때였다면 전화를 받았다고 할지라도 제주도에 내려간다는 도혁수를 잡지 않았을 것이다.

"그, 그럼 언제 서울로 올라온다는 거죠?"

－갑작스러운 강풍을 동반한 폭설로 내일 오후까지는 비행기가 결항한다는 메시지를 받았습니다. 해서 빨라도 이틀 후에나 서울로 올라갈 듯싶습니다.

"뭐, 뭐라고요? 이틀 후에나 서울로 올라온다고요?"

－현재 이곳의 상황으론 그렇습니다.

"2월인데 폭설이라니, 그럼 배로 오시면 어때요?"

－항로도 모두 폐쇄된 것으로 알고 있습니다.

"이이익! 왜 하필 날씨가 그런 거죠?"

－갑자기 발생한 이상 기후로 알고 있습니다.

도혁수 말에 오세라는 속이 탔다.

내일 양쪽 광고가 매스컴에 보도가 된다는 점에 한시가 급한 상황이었기 때문.

이틀 후면 이미 게임은 오버된 상황일 터였다.

"그럼 지금 당장 비상회의를 소집할 테니, 도 실장님께선 영상 통화로 회의에 참석하세요."

－그걸 원하신다면 그렇게 해 드리겠지만…… 참고로 셀럽 은가비가 출연한 MB방송 토크쇼 건에 대해선 비상회의를 소집한다고 해도 마땅한 해결책이 없을 겁니다.

"해결책이 없다고요?"

－선조치는 몰라도, 이미 방송으로 보도된 내용을 주워 담을 수는 없는 노릇이니까요.

"하아!"

오세라는 주먹을 꽉 거머쥐었다.

도혁수가 방금 언급한 '선조치'.

이미 기회를 한번 주었지만 그걸 오세라가 받아먹지 못했다는 것을 의미했다.

그러자 격해진 감정으로 인해 거친 숨소리를 흘리는 오세라의 반응에 도혁수가 다시 은밀한 목소리로 대화를 이어 갔다.

ㅡ이번 일, 오성 냉장고와 유토피아 생수를 소외 계층 사람들에게 기증한 데다가 셀럽 은가비를 끌어들인 것까지…… 모두 유토피아 신석기 대표의 머리에서 나온 기획일 겁니다.

오세라도 유토피아를 의심하고 있었기에 수긍하듯이 나왔다.

"결국은 유토피아가 문제군요! 그곳을 누를 방법은 없나요?"

ㅡ오장환 회장님이 계실 때도 누르지 못한 유토피아 대표입니다. 그러니 이번 광고 경쟁은 포기하고 다음을 기약하심이 좋을 듯싶습니다.

도혁수 말에 오세라는 너무 화가 나서 거머쥔 주먹을 부르르 떨어 댔다.

'빌어먹을! 아빠도 유토피아를 상대했다가 물을 먹었으니, 나도 그렇게 될 수 있어!'

오세라는 질 수 없다는 생각에 눈에 힘을 주었다.

마음 같아선 다 때려치우고 미국으로 훌쩍 떠나 버리고 싶었지만 용의주도하게 이번 일을 계획한 인물이 바로 유토피아 대표 석기라고 생각하자 속에서 호승심이 치솟았다.

버러지라고만 여겼던 흙수저 석기.

그를 오장환의 비자금을 조성하기 위한 제물로 삼고자 오세라와의 결혼까지 염두에 두고 있었다.

그랬기에 어찌 생각하면 실컷 가지고 놀다가 버릴 패에 불과했던 석기에게 이런 수모를 당하고 있다는 것이 용납할 수 없었다.

"도 실장님! 그날 조언을 무시한 거 사과드리죠."

지금으로선 도혁수의 도움이 절실했기에 오세라가 사과했다.

"이번 광고 경쟁, 명성미디어 회장이 된 나한테 첫 번째 사업인 거 아시죠. 질 수 없어요! 아니, 그딴 놈에게 지기 싫어요! 그러니 도와주세요!"

오세라의 음성이 분노로 떨고 있다. 이제까지 마음만 먹으면 무엇이든지 그녀 뜻대로 되었다.

그랬기에 기대했던 광고 경쟁에서 패한다는 것을 쉽게 받아들이기 어려웠다.

-……!

한편 오세라와 통화를 나누고 있는 도혁수. 그는 도움을 요청하는 오세라의 말에 잠시 침묵을 유지했다.

사과를 받긴 했지만 아직 그녀를 받아들이기엔 깊어진 골로 인해 마음이 선뜻 열리지 않은 탓도 있었고, 한편으론 그라고 뾰족한 수가 없었던 탓도 있었기에.

사실 MB방송 토크쇼를 본 순간.

드디어 올 것이 왔다고 생각했다.

셀럽 은가비가 MB방송 토크쇼에 출연하여 신상 가방에 대한 것을 애기할 것이라는 정보를 입수했을 때 감을 잡았다.

결코 알지 핸드폰 광고에 유리한 내용이 아닐 것이라는 불길한 예감을 느낀 것이다.

그랬는데 오늘 토크쇼를 보고 난 소감은 이건 사전에 대책 마련을 한다고 해도 막을 도리가 없는, 엄청난 비장의 무기가 숨겨져 있었음을 깨닫게 되었다.

은가비가 가방을 넘기고 명성에서 받은 130억을 소외 계층 사람들에게 오성 냉장고를 사서 기증한다는 발상을 감히 누가 생각했겠는가.

거기에 한수 더 떠서 유토피아 생수까지 곁들인다는 것도.

확실히 사업적인 수완이 상당히 뛰어난 존재임은 인정했다.

"도 실장님, 내가 사과를 했는데도 왜 아무 말이 없으신 거죠? 사과를 받아 주지 않겠다는 건가요?"

침묵이 길어진 도혁수의 분위기에 오세라가 감정이 격해져 울먹이는 음성으로 말했다.

─사과를 받아들이죠. 하지만 이번 광고 경쟁은 마음을 비우는 것이 좋을 겁니다.

"아직도 나한테 화가 난 건가요? 도와 달라고 했더니 마음을 비우라고요? 지금 그게 할 소리예요?"

─알지 핸드폰 광고를 내일 매스컴에 내보내는 것은 자폭이나 다름없습니다.

"자, 자폭?"

오세라의 동공이 흔들렸다.

300억에 해당하는 명품 가방을 불태우는 신이 정말로 광고에 등장하면 대중이 신난다고 욕을 퍼부어 댈 것임이 눈에 훤했다.

─알지 측에서도 그걸 알고 있을 테니 명성에서 제작한 핸드폰 광고를 폐기 처분할 것을 요구할 것이라 봅니다.

도혁수 말에 또다시 오세라 동공이 크게 흔들렸다.

MB방송 토크쇼에 은가비가 나와서 했던 내용이 너무 엄청나서, 명성에 핸드폰 광고 제작을 맡긴 알지 입장을 전혀 생각하지 못했다.

만일 그녀가 알지 대표라고 할지라도 절대 핸드폰 광고를 매스컴에 내보내지 않으려 할 터.

그리고 제작된 광고에 대한 문제가 생길 시에 명성에서 모든 책임을 지겠다고 했으니, 이렇게 되면 엄청난 제작비를 쓰고도 건진 것은 하나도 없는 셈이 된다.

속된 말로 돈은 돈대로 쓰고 대중에게 욕만 잔뜩 배터지게 얻어먹게 된 판국이었다.

"정말…… 아무런 대책이 없는 건가요?"

오세라 동공이 마구 불안하게 흔들렸다.

알지 핸드폰 광고로 오성 냉장고 광고를 압도하여 석기의 콧대를 눌러 주겠다고 기고만장했던 그녀였건만, 은가비가 토크쇼에서 밝힌 내용으로 인해 이제는 잔뜩 겁먹은 패잔병처럼 변해 버렸다.

-명성에서 첫 번째 제작된 광고가 폐기 처분 된다면 직원들의 사기 진작에도 문제가 있을 겁니다. 그리고 회장님께도 이번 일은 좋지 못한 업적으로 남게 될 겁니다.

오세라가 힘겹게 한숨을 내쉬었다.

도혁수가 조언했을 때 받아들이지 못한 것이 너무 후회되었지만 이미 흐른 시간을 돌이킬 수 없는 법이었다.

고개를 젓던 오세라 눈동자가 반짝였다.

"도 실장님! 우리도 알지 핸드폰을 소외 계층 사람들에게 기증하면 어떨까요?"

-그걸 알지 측에서 원치 않을 겁니다. 이번 알지 핸드폰의 콘셉트는 명품 핸드폰입니다. 핸드폰을 소외 계층 사람들에게 기증했다간 명품을 선호하는 대중에 외면을 당할 우려가 있으니까 절대 승낙하지 않을 겁니다. 그리고 핸드폰을 소외 계층 사람들에게 베풀어 봤자 오히려 오성전자를 흉내 내는 것에 불

과한 일이 될 테니 메리트도 없습니다.

"그럼 이제 어떻게 하죠?"

-차라리 알지와 타협을 해서 이미 만들어진 핸드폰 광고는 전면 폐지하고, 대신 명성에서 새로 핸드폰 광고를 제작해주는 것이 앞으로의 사업을 위해서도 좋을 거라 생각합니다.

"그렇게 되면 우리 명성의 손해가 막심할 텐데요."

-지금은 돈보다 중요한 것이 바로 대중의 인식입니다. 망한 광고를 제작한 명성으로 인식되는 것보다, 과감하게 새로운 광고로 도전하는 것이 그나마 대중에게는 더 인상적으로 여겨질 것이라 봅니다. 물론 결정은 회장님 몫입니다.

오세라의 온몸이 부르르 떨렸다.

패배를 시인하는 것, 그것이 너무 어려웠다.

그러나 도혁수 말을 이번에도 무시한다면 더는 도움을 주지 않을 터.

아직은 그와 반목을 하는 것은 시기상조임을 뼈저리게 깨달았다.

"……알겠어요."

도혁수와 통화가 끝난 오세라.

이번엔 알지 대표와 통화를 나눴다.

도혁수가 했던 얘기를 알지 대표에게 전했다.

오세라의 첫 번째 사업, 백기를 들게 되었다.

＊

　밤이 깊어 갔다. 은가비가 MB방송 〈생생 토크쇼〉에 출연해서 밝힌 내용들은 세간에 커다란 화제로 작용했다.

　－수호천사 셀럽 은가비!

　－외모도 존예인데 마음도 비단결!

　－대박! 130억을 포기하다니!

　－오성전자에서 짜고 치는 고스톱?

　－짜고 치는 고스톱이라고 해도 좋다! 누가 130억을 그렇게 쓰겠는가. 이건 빼박 수호천사강림!

　－인정! 오성 냉장고 만세!

　－착한 일에 사용한 오성 냉장고! 나 올해 고3인데 좋은 기운 받으라고 울 엄마 오성 냉장고 지르심! ㅋㅋㅋㅋ

　－고3 학부모들 솔깃하겠는데~ㅋ

　－유토피아 생수도 만만세!

　－보통 생수가 아닐 듯~

　－TV에 나온 할매가 인증한 생수!

　－유토피아라면 믿을 만하죠!

　－나도 생수 마시고 싶다!

　－생수 언제 출시하는 거죠?

네티즌들은 은가비의 칭찬에 이어 오성 냉장고, 그리고 유토피아 생수까지 크게 관심을 표했다. 이런 현상에 당연한 반응인지 몰라도 반대로 300억 원어치 명품 가방을 불태운 알지 핸드폰 광고가 대중에 크게 비난을 받기에 이르렀다.

　　-알지 핸드폰 광고 폭망할 것임!

　　-명품 가방 불태운다고 할 때부터 알아봤죠ㅋ

　　-돈지랄 작작 좀 해라!

　　-300억으로 불우 이웃이나 좀 돕지ㅠㅠ

　　-알지 핸드폰 광고 폐기한다는 말 있던데~

　　-부끄러운 줄은 아나 보네여~ㅋ

　　-이거 대국민 사과문 발표 각 아닌감?

　　-광고 제작한 M미디어에서 책임져야 할 듯~

　　-M미디어 회장이 사과문 발표하심 되겠네~

　　-M미디어 초장부터 물 먹네!ㅋ

　　-화장품 사업도 망하더니 미디어 사업도 망하겠다~

　　-헛된 돈지랄 하는 기업들 다 망해야 함!

　　-콜!

집으로 돌아온 오세라.

오장환은 요양원에 보낸 바람에 집안엔 그녀 혼자 있다.

잠자리에 들었지만 잠이 오지 않아 거실로 나왔다.

힘들게 돈을 들여서 찍은 핸드폰 광고를 폐기 처분하려니 속이 쓰렸다.

은가비가 토크쇼에서 출연하지만 않았더라면 내일 핸드폰 광고가 매스컴에 나온다고 들뜬 마음으로 지냈을 상황이다.

기분도 착잡하고 잠도 오지 않다 보니 그녀는 소파에 기대 앉아 인터넷에 올라온 댓글들을 하나하나 확인하기 시작했다. 댓글 반응이 좋지 않다 보니 울컥한 그녀 입에서 욕설이 절로 튀어나왔다.

"빌어먹을! 버러지 같은 것들이 뒈지려고 환장했군!"

그러다 그녀의 손이 한 댓글에 멈추었다.

"이이익! 감히 나보고 대국민 사과문을 발표하라고?"

안 그래도 오늘 은가비가 토크쇼에서 밝힌 내용 때문에 어느 정도 대중에게 욕을 먹을 각오는 하고 있었다. 하지만 명성미디어 회장인 그녀에게 대국민 사과문을 발표하라는 댓글을 발견하자 그만 열을 확 받았다.

바로 그때였다.

띠리링!

핸드폰이 울려 댔다.

댓글을 살피던 손을 멈추고 전화를 받았다.

명성금융 총수이자 외조부인 주현문의 연락이다.

-방금 도 실장에게 연락받았다. 이번에 찍은 핸드폰 광고 폐기처분하고 새로 광고를 찍기로 했다면서?

　오세라는 주현문이 도혁수와 통화를 나누었다는 것이 이상하게 마음에 걸렸다.

　주현문은 그녀의 외조부이기 이전에 명성금융 총수였다. 명성미디어를 설립하는 데 막대한 자금을 대 준 인물이었기에 명성미디어에서 주현문의 입김은 매우 강하게 작용하고 있었다.

　그랬기에 핏줄을 떠나 명성미디어 회장인 그녀로선 주현문에게 이번 사태에 대해 연락을 하는 것이 당연한 일이었지만, 전화로 연락하는 것보다는 직접 외조부 얼굴을 보고 말하는 편이 좋을 것이라 여겨 내일로 만남을 미룬 상태였다.

　그랬는데 도혁수가 먼저 주현문에게 모든 상황을 보고한 모양이었다.

　도혁수를 그녀 곁에 붙여 준 주현문이니 그가 외조부에게 보고를 한 것이 이해는 되었지만, 기분은 썩 유쾌하지만은 않았다.

　"네, 외할아버지. 안 그래도 내일 아침에 외할아버지를 찾아뵙고 자초지종을 말씀드리려 했는데 도 실장이 먼저 보고했나 보네요. 저를 믿고 회장 자리에 앉혀 주셨는데 이런 결과를 보여 드려서 죄송해요. 이번 광고는 제가 경솔했어요. 다음부터는 이런 일이 없도록 노력할게요."

오세라는 전화상으로 외조부에게 이런 말을 꺼내는 것이 싫었지만 도혁수의 보고로 어쩔 수 없이 변명하듯이 나오는 수밖에 없었다.

−그래, 회사를 처음 운영하다 보면 이런 저런 실수도 할 수 있는 법이지. 그건 그렇고 도 실장 말로는 세라 네가 내일 대국민 사과문을 발표하는 것이 좋겠다고 하던데 네 생각은 어떠하냐?

오세라의 동공이 확 커졌다.

외손녀 사랑이 지극한 양반의 입에서 대국민 사과문 얘기가 나오다니, 한편으론 배신감마저 느껴졌다.

"뭐라고요? 저보고 대국민 사과문을 발표하라고요?"

−이번 광고 경쟁에서 패한 것을 인정하기엔 자존심이 상하겠지만 국민들 여론도 그렇고 지금은 그걸 받아야만 할 것이다. 해서 대국민 사과문을 발표하면서 알지 핸드폰 광고를 다시 제작한다는 것을 사람들에게 공식적으로 알리는 것도 좋은 방법이라고 본다. 그건 도 실장 머리에서 나온 생각이나 이 할아비도 같은 생각이다.

"도 실장다운 생각이긴 하네요. 근데 외할아버지도 제가 대국민 사과문을 발표하길 원하신단 말이죠?"

오세라는 눈물이 나오려는 것을 억지로 참았다.

명성미디어 회장 자리에 오른 지 얼마나 되었다고 벌써 대국민 사과문을 발표하는 지경에 처한 것이 속이 상한 것이다.

게다가 믿었던 외조부가 도혁수의 말에 힘을 실어 주고 있는 것도 못마땅했다.

-세라 네가 만일 거절하겠다면 이번 광고에 투자한 전액을 회수 조치할 것이나, 만일 사과문을 발표하겠다면 그건 없는 일로 해 주마.

주현문의 협박성 발언에 오세라는 주먹을 꽉 거머쥐었다.

한다면 하는 외조부 성격이다.

이번 광고에 투자한 금액.

명품 가방을 사들이는 데 사용한 금액만도 300억이 되어 간다.

거기에 광고 모델료와 제작비와 인건비까지 합친다면 액수는 더욱 커질 것이다.

아무리 그녀가 명성미디어 회장이라고 할지라도 몇 백억이나 되는 돈을 토해 내기는 무리였다.

그리고 정말 큰 문제는 외조부 주현문의 눈에 벗어나게 된다면 앞으로 자금줄이 묶이게 될 테니 회사 운영에 막대한 지장을 초래할 것은 불을 보듯이 훤했다.

대국민 사과문 발표.

결코 하고 싶지 않았지만, 오세라는 꼬리는 내리는 수밖에 없었다.

"……알았어요. 대국민 사과문 발표할게요."

-그래, 잘 생각했다. 그럴 줄 알고 도 실장이 내일 아침에 기

자회견을 할 수 있도록 만반의 준비를 해 놓은 모양이니 단정하게 차려입고 출근하도록 해라.

"도 실장이 기자회견을 준비했다고요?"

-지금은 발이 묶여 제주도에 있나 본데, 그곳에 있으면서 일 처리는 빈틈없이 해내고 있는 것을 보면 하여간 능력하나는 뛰어난 인물임은 분명하다. 그러니 도 실장과 반목하지 말고 잘 지내는 것이 좋을 거야. 그럼 이만 끊으마.

외조부 주현문과 통화가 끝난 오세라의 속이 부글부글 끓어올랐다. 도혁수는 이미 대중이 대국민 사과문을 요구할 것을 짐작하고 그것에 대해 준비해 놓았단 소리였다.

'빌어먹을!'

오세라는 이상하게 도혁수가 대국민 사과문을 하도록 준비한 것이 그녀를 위한 일로 여겨지지 않고, 반대로 그녀를 엿을 먹이기 위한 일처럼 느껴졌다.

그렇게 생각하자 하필 지금 같은 상황에 도혁수가 제주도에 내려가 있는 것도 수상쩍었다.

'어디 한번 두고 보겠어! 정말 나를 생각해서 기자회견을 잡은 건지, 아니면 다른 시커먼 속셈이 있는 건지. 만일 나를 엿 먹일 속셈으로 그런 짓을 꾸민 것이라면 절대 용서하지 않을 테다!'

핸드폰을 움켜쥔 오세라 손이 부들부들 떨려 왔다.

너무 분했다.

내일 대국민 사과문을 발표할 것을 생각하자 분통이 터져 미칠 것만 같았다.

스트레스를 풀지 않고선 도저히 잠을 잘 수가 없다는 생각에 핸드폰에 저장된 연락처를 검색하던 그녀의 눈빛이 사악하게 번쩍였다.

마땅한 먹잇감을 찾은 것이다.

시간이 좀 늦긴 했지만 상관없었다. 지금은 그저 누군가에게 분풀이를 하지 않고는 견딜 수가 없었기에 예의 따위 개나 줘 버리라고 생각했다.

"나야. 이번에 찍은 알지 핸드폰 광고. 폐기 처분하기로 했으니 그렇게 알아."

-그게 무슨 소리에요? 기껏 힘들게 찍은 알지 핸드폰 광고를 폐기 처분한다고요?

"은가비인지, 뭔지 하는 여시가 토크쇼에 나와서 오성 냉장고를 기증했다고 떠들어 대는 바람에 핸드폰 광고를 매스컴에 내보낼 수 없게 되었어. 수아 너도 인터넷에 올라온 댓글 확인했을 테니 돌아가는 사정은 알고 있을 거 아냐?"

-그래도 폐기 처분은 너무 심한 처사 아닌가요?

"그러게. 그런 소리를 듣지 않으려면 광고를 좀 잘 찍지 그랬어. 솔직히 토크쇼도 문제지만 모델 수준이 떨어져서 그런지 화면 빨이 별로더라고."

-지금 뭐라고 하신 거죠? 모델 수준이 떨어져서 지금의 소

동이 벌어진 것이라고요?

"맞아. 모델만 괜찮았어 봐. 이번 소동과 상관없이 찍은 광고를 매스컴에 내보냈을 거야. 하지만 수아 네가 찍은 광고니까 폐기 처분되는 거야."

−하아! 말이 너무 심하네요! 이거 인격 모독인 거 아세요?

"흥! 인격 모독? 너 이번 광고에 들어간 돈이 얼마나 되는지 알고나 그딴 소리를 지껄여? 이번 광고 너 때문에 모두 망쳤어! 알아?"

−그게 왜 저 때문이죠? 광고 콘셉트대로 저는 모델 노릇만 했을 뿐이라고요. 명품 가방을 불태운 것. 모두 그쪽에서 기획한 일이잖아요. 솔직히 광고를 폐기시키려는 것도 가방 불태운신 때문에 그런 거잖아요. 안 그래요?

한마디도 지지 않고 앙칼지게 나오는 진수아 태도에 오세라의 눈빛이 표독스럽게 변했다.

"쯧쯧, 싸가지하곤! 어린 것이 한마디를 지지 않네? 하여간 찍은 광고를 폐기 처분하고 핸드폰 광고를 다시 찍을 생각이니 그렇게 알아."

−핸드폰 광고를 다시 찍는다고요?

"왜? 관심 있어?"

−아뇨! 제가 미쳤어요! 더는 회장님과 일할 생각 없거든요! 돈을 아무리 싸들고 와도 절대 광고를 찍지 않을 거거든요!

"호호! 잘 생각했어. 나도 너 같은 애송이랑 다시 일할 마음은 없으니 안심해. 새로 찍을 핸드폰 광고 모델은 톱스타로 선정할 생각이야. 수아 너와는 달리 인지도 있고 품격 있는 모델로 말이지."

비열한 인물답게 오세라는 알지 핸드폰 광고 모델을 했던 진수아를 조롱하고 비아냥거리는 것으로 스트레스를 해소했다.

하지만 진수아의 성격이 오세라 못지않게 더러운 성질머리라는 것이 문제였다.

"아아악! 오세라! 죽여 버릴 거야! 절대 가만두지 않을 거라고!"

진수아는 밤에 오세라에게 걸려 온 전화에 혹시 몰라 통화한 내용을 죄다 녹음한 상태였다.

한참을 씩씩거리며 분에 겨워 하던 진수아는 자신을 함부로 대한 오세라에게 엿을 먹이고 싶단 생각에 핸드폰에 녹음된 내용을 음성변조만 한 채로 그대로 넙튜에 올려 버렸다.

❊

청담동 오피스텔.

석기는 박창수를 그의 오피스텔로 불러서 배달 온 치맥을 함께 먹으면서, 그동안 박창수에게 비밀로 일을 진행한 것을 사과했다.

"은가비 씨 토크쇼에 나온 내용들, 비밀로 해서 미안해."

"그만큼 기밀 유지가 필요했겠지. 대신 닭다리는 내가 먹어 주지!"

"그래, 닭다리 모두 너 먹어. 하하!"

석기의 사과에 박창수가 닭다리를 들고는 환하게 웃었다.

은가비가 토크쇼에서 밝힌 내용으로 인해 오성전자는 물론 유토피아도 축제 분위기였다. 특히 유토피아 생수에 대해 많은 사람들이 관심을 보인 것도 즐거웠다.

그렇게 치맥을 즐기면서 이런저런 대화를 나누던 순간.

유토피아 기획홍보팀장 홍민아에게서 전화가 걸려 왔다.

–대표님! 지금 주무시고 계신 거 아니죠?

"지금 박 이사님과 치맥을 즐기고 있거든요."

–넙튜에 흥미로운 것이 올라와서요. 누군가 통화 내용을 올린 건데, 이건 대표님께서 꼭 보셔야만 할 것 같아서 연락 드렸어요.

"그래요? 알았어요."

석기는 홍민아와 통화가 끝나자 얼른 핸드폰을 들고 넙튜에 접속했다.

비밀을 털어놓다

'이거 오세라 아냐?'

넙튜에 올라온 통화 내용을 확인한 석기는 어이가 없었다. 음성변조를 했지만 통화를 나눈 두 사람이 누구인지 익히 눈치챌 수 있었으니까. 명성미디어 회장 오세라와 알지 핸드폰 광고 모델이었던 진수아가 분명했다.

그러자 박창수도 통화 내용을 듣고는 인상을 찡그렸다.

"아무리 성질 머리가 더럽다고 해도 회장이나 되는 여자가 이런 진상 짓을 하다니."

"쯧쯧! 그러게 말이다."

"근데 찍은 핸드폰 광고를 폐기하고 새로 광고를 찍기로 했다니, 그게 사실일까?"

박창수의 시선에 석기가 천천히 고개를 끄덕여 주었다.

"사실일 거야. 지금 상황에선 그것이 최선의 방법일 테니까."

"하긴 명품 가방을 불태운 광고를 매스컴에 풀었다가는 대중의 비난을 크게 사긴 할 거야."

"그건 그렇고 넙튜에 이런 통화 내용을 오세라가 올렸을 리는 없을 테고. 그렇다면 진수아 쪽에서 올린 건가?"

"내가 보기에도 진수아일 확률이 높아. 오세라 회장이 자꾸 자극을 하니 화가 나서 깊게 생각하지 않고 올려 버린 모양이야."

"이건 우리에겐 청신호이긴 한데⋯⋯ 오세라가 왜 애에게 그런 진상 짓을 한 걸까?"

석기의 눈빛이 깊어졌다.

회귀 전에 오세라와 부부 사이였던 석기였기에 그녀의 성격에 대해 훤히 알고 있었다.

스트레스를 받으면 그걸 꼭 해소해야 직성이 풀리는 오세라 성격이다.

"스트레스를 해소하기 위해서 그랬을 수도 있겠군."

"스트레스 해소? 하긴 돈을 잔뜩 쏟아부은 알지 핸드폰 광고를 폐기 처분하고 다시 광고를 찍게 되었으니 스트레스가 이만저만이 아니긴 하겠군."

"그것도 있겠지만 오세라를 압박하는 강력한 스트레스가

더 있었을 거야."

"강력한 스트레스? 그게 무슨 소리야?"

강남 룸살롱에서의 일로 오세라와 도혁수 사이가 벌어졌다.

그런 상황에서 은가비 토크쇼 건이 벌어지자 도혁수는 오세라를 길들이기 위한 기회로 사용할 확률이 높았다.

도혁수는 안하무인격인 오세라에게 치욕을 안겨 줄 작정으로 대국민 사과문을 발표토록 했을 것이라 짐작되었다.

물론 도혁수 성격에 사전에 명성금융 총수 주현문을 구워삶는 일도 필요했을 터.

주현문도 지금 같은 상황에선 달리 다른 방법이 없었을 테니 도혁수의 제안을 따르게 되었을 것이다.

"도혁수가 오세라에게 대국민 사과문을 발표하라고 압박을 넣었을 거야. 그리고 총수 주현문도 가세를 해서 오세라가 절대 거절하지 못하도록 자금줄로 압박을 했을 테고."

"오세라 입장에선 죽을 맛이겠군."

박창수 말에 석기가 피식 웃으며 대화를 이어 나갔다.

"그래서 스트레스를 풀 목적으로 만만한 진수아에게 진상을 부렸지만, 문제는 진수아 성격도 오세라 못지않다는 점이지. 아마 오세라와 통화를 하고 나서 진수아는 분을 이기지 못하고 오세라에게 엿을 먹일 의도로 넙튜에 통화 내용을 올려 버렸을 거야."

"헐! 대단한 아이네!"

"대단하다기보다는 잘난 부모를 믿고 함부로 깝쳤다고 보는 것이 좋을 거야. 그동안 어려움 없이 자라서 세상 무서운 것을 모르고 있는 아이일 테니까. 그런 행동을 쉽게 할 수 있는 거지."

"오세라 성격에 진수아가 넙튜에 그런 짓을 한 것을 알게 된다면 반드시 보복하고자 나오겠군."

"아마 진수아를 죽여 버리겠다고 펄펄 뛰겠지. 진수아가 넙튜에 올린 통화 내용으로 인해 알지와 척지게 될 수도 있을 테니까. 아무리 오세라가 대국민 사과문을 발표한다고 해도 알지에서는 이제 명성에 대한 신뢰가 바닥으로 떨어진 상황일 테니, 핸드폰 광고 제작을 더는 그곳에 맡기려 들지 않을 거야."

"혹시나 해서 하는 말인데. 만약에 알지에서 핸드폰 광고를 우리 유토피아에 맡기면 석기 너는 어떡할 거야?"

"조건만 괜찮다면 거절할 이유가 없지."

"하긴 내 생각도 같아."

석기는 고개를 끄덕이는 박창수를 바라보며 회심의 미소를 지었다.

알지 핸드폰 광고.

그걸 유토피아에서 제작하게 된다면 오세라가 명성미디어 회장이 되고 나서 첫 번째로 시도한 광고 사업을 완전히 물을 먹인 셈이 될 것이다.

�֍

다음 날.

명성미디어에 도착한 오세라.

운전기사가 열어 준 승용차에서 내린 오세라는 당장 눈앞에 진수아가 있다면 찢어발겨 죽여 버리고만 싶은 심정이었다.

'진수아! 감히 나를 물 먹여!'

어젯밤에 그녀는 스트레스를 풀 목적으로 진수아에게 진상을 부린 것이 결국 자신의 발등을 찍는 일이 되어 버렸다.

오늘 대국민 사과문을 발표하는 일로 죽을 맛이었는데, 넙튜에 올라온 통화 내용으로 아침부터 외조부 주현문의 잔소리를 귀에서 피가 나도록 들어야만 했다.

더구나 분하게도 넙튜의 소동으로 알지와의 협약까지 깨져 버렸다.

-오세라 회장님! 유감스럽지만 핸드폰 광고 제작 문제는 여기서 끝내도록 하시죠. 위약금은 모두 명성에서 책임지기로 했으니 깔끔하게 처리 부탁드립니다.

알지 대표가 오세라에게 직접 연락해서 핸드폰 광고 관련한 문제를 확실하게 정리했다.

오세라로선 입이 열 개라도 할 말이 없었기에 알지의 요청을 받아들이는 수밖에 없었다.

"와아! 저기 오세라 회장이다!"

"헐! 얼굴 보니 울다 나온 모양인데요?"

"쯧쯧! 하긴 첫 번째 사업을 거하게 말아먹게 되었으니 심정이 오죽하겠어요?"

"알지 측에서 완전히 등을 돌렸다죠?"

"신뢰가 왕창 깨진 것에 명성에서 공짜로 광고를 만들어준다고 해도 알지 대표가 거절했다는 말도 있던데요."

"나라도 그렇게 나왔을 거야."

대국민 사과문 발표를 하는 장소를 명성미디어 행사홀로 잡았고, 그곳에 수많은 기자들이 모인 상황이었다. 술렁거리던 기자들은 행사홀 입구에 경호원들과 함께 들어선 오세라를 발견하자 카메라 플래시를 마구 터트리기 시작했다.

찰칵찰칵! 번쩍번쩍!

평소 화려한 의상을 즐겨 입던 오세라였지만 오늘은 대국민 사과문을 발표하는 자리였기에 검은색 의상에 화장도 연하게 했다.

꾸벅!

오세라는 단상에 오르자 먼저 모여 있던 기자들을 향해 고개를 숙이는 행동을 취했다.

"죄송합니다! 아무리 광고 제작에 예술적인 면이 중요하다고 해도 수백억에 해당하는 명품 가방을 불태운 광고를 찍어 국민 여러분의 심기를 어지럽힌 점에 대해 깊이 반성하고 있습니다. 오늘부터 매스컴에 노출시키기로 했던 알지 핸드폰 광고는 폐기처분 될 것임을 알려 드립니다. 또한 핸드폰 광고 모델이었던 J 양과 나눈 통화 내용에 대해서도 국민 여러분께 진심으로 사과드립니다. 제가 명성미디어 회장이 되어 처음으로 시작한 사업인지라 스트레스가 심한 점도 있었고, 사업을 잘해 보겠다는 과한 욕심을 부린 것이 문제였습니다. 이번 일로 깊이 반성하며 뉘우치고 있습니다. 앞으로는 국민 여러분의 목소리에 귀를 기울이는 사업가가 되도록 노력하겠습니다. 다시 한번 국민 여러분께 심려를 끼쳐 드려 죄송합니다!"

오세라는 회사에서 준비한 사과문을 기자들 앞에서 발표했다.

처음에 의도했던 대국민 사과문과는 거리가 먼 내용인 셈이다.

넙튜 소동으로 알지 핸드폰 광고를 새로 찍는 일이 없던 일로 되었기에, 그저 열심히 국민들에게 사과를 하는 것만이 답이었다.

오세라는 진수아를 용서할 수 없었다.

급한 불을 끄고 나면 진수아를 국내에서 추방할 작정이었다. 또한 진수아 가족도 마찬가지였다. 절대 한국에 발을 붙이고 살지 못하도록 만들 생각이었다. 심지어 살인 청부업자를 고용해서 진수아와 그녀의 가족들을 모두 죽이고 싶은 마음도 있었다.

한편, 진수아 집.

"수아야! 당장 회장님께 사과하러 가자!"

"제가 왜 사과를 해요? 아빠도 넙튜에 올라온 통화 내용 들었으니 아실 것 아녜요! 저를 먼저 건드린 것은 바로 그 여자라고요!"

"회장님보고 여자라니?"

"그럼 여자지, 남자예요? 아빠, 잘 들어요! 저 죽으면 죽었지, 절대 그 여자에게 사과 안 할 거예요! 광고 찍을 때도 그렇게 나를 괴롭혀 놓고, 그걸로 모자라서 이제는 광고가 망하게 된 것이 모두 저 때문이라고 하잖아요! 명품 가방을 불태워 버리는 콘셉트도 그쪽에서 정해 놓고 그것도 내게 뒤집어씌울 속셈이라고요. 그러니 아빠야말로 정신 똑바로 차리세요! 잘하다간 우리 가족 길거리에 나앉게 될지도 몰라요!"

진수아의 말에 모친 백유란도 사태의 심각성을 눈치채곤 남편을 회유하듯이 나왔다.

"여보! 우리 수아 말이 맞아요. 아무리 당신이 명성금융의 전무이사라고 할지라도 총수님이 외손녀 편을 들지, 당신 편을 절대 들지 않을 거 아녜요. 차라리 우리 외국으로 떠나요. 우리 수아, 지금 같은 상태면 국내에서 제대로 학교 다니기 힘들 거라고요. 저쪽에서 선수를 치기 전에 먼저 총수님께 사직서 제출하고 퇴직금 챙겨서 외국으로 나가 버리자고요!"

부인 백유란까지 나서서 진수아를 역성들자 부친 진태형도 생각이 많아질 수밖에 없었다.

진수아가 오세라와 통화를 나눈 내용을 넙튜에 올린 일은 아무리 진수아가 그의 딸이라고 할지라도 잘못한 일임은 분명했다.

그랬기에 이번의 일로 진태형은 총수 주현문에게 단단히 찍혔을 터. 그리고 재벌에게 찍힌 이상 국내에서 제대로 살기는 어려울 것임을 불을 보듯이 훤했다.

"그래, 오늘 회사에 나가서 사직서를 제출하고 오마."

진태형은 결국 가족을 위해 결심해야만 했다.

그렇게 알지 핸드폰 광고 모델을 했던 진수아의 가족이 외국으로 떠나자고 결심하게 되며, 그 불똥이 KB방송국에서 제작되는 드라마에 튀게 되었다.

"뭐, 뭐라고요? 진수아가 우리 드라마에서 하차한다고요?"

"아직 명성 엔터에서 공식 발표는 없었지만 이번 넙튜 소동으로 인해 가족들이 모두 외국으로 떠날 것이라고 합니다."

"그럼 우리 드라마는 어떻게 되는 거죠? 드라마 방영이 곧 다가올 텐데, 지금까지 찍은 분량을 모두 엎어 버리라는 건가요?"

KB방송국 드라마제작국이 진수아의 하차 소동에 발칵 뒤집어졌다. 그동안 찍은 촬영 분량이 있으니, 진수아가 하차하게 되면 드라마의 내용을 바꾸어야 했기에 촬영을 다시 해야만 했던 탓이다.

"작가님! 이러면 어떨까요? 다시 촬영을 한다는 것은 지금 상황에서 말이 안 되는 일이니, 차라리 진수아를 죽여 버리는 거예요."

"진수아를 죽여 버리자고요?"

"네! 진수아를 갑자기 교통사고를 당해서 죽는 것으로 처리하죠. 그리고 알고 봤더니 여주가 동생으로 알았던 진수아가 사실 진짜 동생이 아니라 다른 동생이 있었던 거로 처리하죠. 드라마에 흔히 잘 쓰는 수법인 출생의 비밀로 가는 겁니다."

"좋아요, 감독님! 사실 진수아가 알지 핸드폰의 광고 모델이었던 점도 그렇고, 넘튜 소동까지 일으킨 아이를 우리 드라마에 합류시키는 것이 꺼림칙했는데 잘되었네요."

"맞아요. 시청자들의 반감을 사지 않기 위해선 차라리 진수아를 버리는 편이 좋을 겁니다."

KB방송국 드라마를 맡은 감독과 작가가 진수아를 버리는 패로 의견 일치를 보았다.

❁

　유토피아 대표실.

　그곳에 석기와 임원들이 모였다.

　명성미디어 회장 오세라가 직접 기자회견장에서 발표한 대국민 사과문에 모두의 표정이 밝았다.

　특히 오늘부터 오성 냉장고 광고가 매스컴에 선을 보이기 시작했는데, 소외 계층 사람들에게 냉장고와 생수를 기증한 것이 대중에 좋은 인상을 주어 냉장고 광고에 대한 반응도 상당히 좋게 흘러갔다.

　"대표님! 이렇게 되면 광고와 드라마, 두 가지 모두 우리 유토피아의 승리가 될 것이라 자신합니다!"

　"대표님! 이렇게 기분 좋은 날 회식 한번 합시다!"

　"소고기로 한턱 쏘시죠! 하하!"

　"그럴까요?"

　석기는 임원들을 향해 웃으며 고개를 끄덕여 주었다.

　그때 밖에 누가 찾아왔는지 비서가 들어와 보고했다.

　"대표님! 손님이 찾아오셨습니다!"

　뜻밖의 손님이다.

　알지 핸드폰 대표, 안성춘이 직접 석기를 만나고자 유토피아를 찾아온 것이다.

흰머리가 희끗희끗 보이는 중년 사내 안성춘은 핸드폰 광고 문제로 골머리를 꽤 썩었는지 척 보기에도 피로한 기색이 역력했다.

석기는 안성춘과 간단하게 인사를 나누고는 직접 준비한 허브차를 대접했다.

"호! 차 맛이 아주 좋군요!"

성수가 들어간 허브차였다.

당연히 맛도 좋을뿐더러 손상된 체력도 단번에 올려 주었을 터.

그래서인지 차를 마시고 난 꽤 놀라운 기색을 보였다.

석기는 그런 안성춘의 반응이 당연하다는 기색으로 조용히 웃는 것으로 응대했다.

안성춘이 유토피아를 찾아온 것.

그 이유를 안성춘 속마음을 통해 들을 수 있었기에 석기로선 급할 것이 전혀 없었다.

[유토피아에 알지 핸드폰 제작을 맡기고 싶다.]

현재 알지에서 명성미디어에 맡긴 핸드폰 광고는 매스컴에 보도되기 하루 전에 전면 폐기 처분되었다.

그리고 명성에서 위약금 개념으로 다시 알지 측에 공짜로 핸드폰 광고를 제작해 주겠다고 나섰지만 그것도 거절한 상황이다.

안성춘은 명성미디어에 대한 신뢰가 바닥까지 떨어진 마당이니, 더는 그곳에 광고를 맡길 마음이 완전히 사라졌다.

은가비가 토크쇼에서 밝힌 내용도 충격적이긴 했지만, 그것보다 더욱 안성춘을 실망하게 만든 것은 바로 한 기업의 수장인 오세라가 알지 핸드폰 광고 모델인 미성년자를 상대로 나눈 진상 통화 내용 때문이었다.

오세라도 그렇지만 광고 모델인 진수아도 인성 쓰레기였다. 그런 이들에게 광고를 맡긴 것이 후회막급이었다.

"신 대표님! 제가 사전에 약속도 잡지 않고 유토피아를 방문한 것에 그리 놀라신 표정은 아니군요."

"오실 것을 알고 있었습니다."

"아, 그러셨군요. 그렇다면 제가 이곳을 방문한 이유, 돌려 말하지 않겠습니다."

본래 예정대로 상황이 돌아갔다면 오늘부터 오성 냉장고 광고와 한판 붙기로 했던 알지 핸드폰 광고였다. 그랬기에 알지 대표가 유토피아를 방문할 일은 결코 없었을 터.

하지만 세상사가 그렇지 못했다.

알지 입장에선 돌파구가 필요했다.

명성미디어에서 실패한 광고 대신 새로운 광고를 제작해서 빨리 매스컴에 선보여야만 했다.

"유토피아에서 저희 알지 핸드폰 광고를 만들어 주셨으면 합니다."

알지 대표 안성춘의 핸드폰 광고 의뢰에 그의 얼굴을 지그시 주시하던 석기.

어차피 예상하고 있던 일이다.

"저도 돌려 말하지 않겠습니다. 저희 유토피아에 알지 핸드폰 광고를 의뢰해 주신 점 감사하게 생각합니다. 단, 대표님의 의뢰를 받아들이는 대신, 조건이 있습니다."

안성춘은 석기의 긍정적인 대답에 안색이 밝아졌다.

"어떤 조건이든지 무조건 수용하겠습니다. 신 대표님께서도 알다시피 명성에 의뢰한 광고가 폐기 처분된 상황이라 하루라도 빨리 핸드폰 광고 제작이 시급한 상황입니다."

안성춘이 솔직히 나오자 석기가 빙그레 웃으며 대화를 이어 나갔다.

"저도 그 점을 염두에 두고 제시하려는 조건입니다. 첫째, 핸드폰 광고 제작 기간은 일주일로 잡을 겁니다. 일주일 후에 곧바로 핸드폰 광고를 매스컴에 출시하도록 해 드릴 계획입니다. 대신 제작비용은 배로 받게 될 거고요."

"수용하겠습니다! 두 번째 조건은 뭐죠?"

일주일 만에 광고를 뚝딱 만들어 매스컴에 보도한다.

사실 다른 곳에서 이런 말을 했다면 신뢰가 가지 않았을 것이나, 석기를 믿고 이곳을 찾아온 안성춘이기에 눈빛에 기대감을 갖게 되었다.

"둘째, 알지 핸드폰 광고에 유토피아 소속 연예인을 출연시킬 겁니다."

"그것도 찬성입니다. 유토피아 소속 연예인이라면 믿을 만하니까요. 한데 민예리 배우님과 한여진 양은 이미 오성 냉장고에 얼굴을 비친 상황이라 다른 연예인이 핸드폰 광고 모델을 하게 되겠군요."

"그렇습니다. 〈아우라〉 멤버 중 정나우와 서이서 양을 핸드폰 광고 모델로 선정할 계획입니다."

"정나우 양과 서이서 양이라면 저도 좋습니다."

안성춘은 석기의 의견을 적극 찬성하는 반응을 보였다.

[역시 유토피아를 찾아오길 잘했다. 명성에서 내세웠던 진수아보다 인성도 좋고 실력도 뛰어난 정나우와 서이서가 우리 알지 핸드폰 모델이 되어 준다면 떨어진 신뢰를 금방 회복할 수 있을 것이라 본다.]

안성춘 속마음을 들은 석기는 속으로 회심의 미소를 지었다.

석기는 어젯밤 박창수와 알지 핸드폰 광고에 대한 얘기를 나눈 후로, 이미 머릿속으로 만약의 경우를 대비하여 큰 그림을 짜 놓은 상태였기에 이리 안성춘에게 자연스럽게 얘기를 꺼낼 수 있었던 것이다.

그리고 두 번째로 준비한 것.

아침에 광고 제작 팀장인 유승열과 나눈 얘기가 있었다.

－알지 핸드폰 광고라면 당연히 대찬성입니다!

－유 팀장님도 알다시피 현재 알지 측에선 한시가 급한 상황일 겁니다. 늦어도 일주일 안으로 승부를 봐야 할 텐데, 그것이 가능할까요?

－가능합니다. 대신 핸드폰 광고 모델로 정나우와 서이서 양이 필요합니다.

－정나우와 서이서 양을 알지 핸드폰 광고 모델로 선정하겠다는 말이군요.

－맞습니다. 민예리 배우님과 한여진 양은 오성 냉장고 광고에 나오게 되었으니 핸드폰 광고 모델까지 맡게 되면 이미지 손실이 너무 큽니다. 그런 점에서 제가 기획한 핸드폰 광고 모델로는 정나우와 서이서 양이 적격입니다.

－설마 핸드폰 광고 콘셉트까지 짜 놓으신 건 아니겠죠?

석기의 질문에 유승열이 싱긋 웃으며 머리를 톡톡 쳐 보였다.

－광고 콘셉트는 제 머릿속에 들어 있습니다. 김칫국인

지 모르겠지만 알지가 명성과 갈라섰다는 소문을 듣고는 어쩌면 알지에서 유토피아에 광고를 의뢰할 수도 있다는 생각이 들어서요.

오성 냉장고 광고는 오성 광고제작팀에서 맡은 상황이라 유승열이 나설 수가 없었다.

하지만 알지 핸드폰 광고는 얼마든지 유승열이 따낼 수 있는 광고라 생각했다.

게다가 요즘 대중에게 알지 핸드폰 광고에 대한 인식이 잔뜩 추락한 상황이었기에 무엇보다 제품에 대한 신뢰 회복이 필요했다.

그런 점에서 명성미디어에게서 돌아선 알지가 선택할 수 있는 최상의 광고제작사는 바로 유토피아라고 판단했다.

그랬는데.

정말로 유승열 예상대로 알지 대표가 유토피아를 방문한 것이다.

그것도 알지 핸드폰 광고 제작을 유토피아에 의뢰하고자 말이다.

"신 대표님, 정말 감사합니다! 그럼 여기까지 온 김에 아예 광고 계약서를 작성하고 가도 되겠습니까?"

"물론입니다. 잠시 앉아서 기다리시죠. 필요한 이들을 이곳으로 부르도록 하겠습니다."

    석기는 계약서 작성에 필요한 법무팀장을 비롯하여 광고 제작팀장 유승열과 알지 핸드폰 광고 모델이 되어 줄 정나우, 서이서를 대표실로 호출했다.

    잠시 후.

    알지 대표 안성춘은 석기의 호출에 대표실에 들어선 이들과 인사를 나누게 되었다.

    "저분은 유토피아 광고제작팀에서 일을 하고 있는 유승열 팀장님이십니다! 〈연예인〉 비누 광고와 〈아우라〉 립스틱 광고가 유승열 팀장님 손에서 나온 작품들이죠."

    "안녕하세요, 유승열입니다!"

    "안성춘입니다! 반갑습니다!"

    "그리고 이쪽은 유토피아 엔터 소속 가수들로 〈아우라〉 멤버들인 정나우와 서이서 양입니다!"

    "안성춘입니다! 〈연모〉라는 노래, 인상 깊게 들었습니다. 멋진 광고가 될 수 있도록 잘 부탁드립니다!"

    "넵! 최선을 다할게요!"

    "핸드폰 광고 모델로 뽑아 주셔서 감사합니다! 헤헤!"

    "그럼 마지막으로 여기 이 분은 저희 유토피아 법무팀장님이십니다."

    "반갑습니다. 이쪽은 저희 회사 고문 변호사입니다."

    알지 측도 고문 변호사가 참석하여 서로 의견 조율 아래 광고 계약서를 작성하게 되었다. 알지 대표가 직접 찾아와

광고를 의뢰했으니만큼, 유토피아에 유리한 계약임은 두말
할 필요가 없었다.

❀

한남동 대저택.

한강이 내려다보이는 경관 좋은 위치에 자리한 럭셔리한
저택은 바로 명성미디어 회장 오세라가 거주하는 집이었다.

오세라 부친 오장환은 요양원에 들어간 상황이라 집 안
에는 상주하는 고용인들을 제외하고 가족이라곤 아무도 없
었다.

"빌어먹을!"

아침에 명성미디어 행사홀에 마련된 기자회견장에서 대국
민 사과문을 발표하고 난 뒤, 오세라는 집으로 돌아와 칩거
의 상태에 들어가게 되었다.

넙튜 소동으로 크게 대노한 외조부 주현문이 오세라에게
당분간 회사에 얼굴을 비치지 말고 집안에 꼼짝 말고 처박혀
있으라고 지시를 내렸기 때문이었다.

"회장님! 도 실장님 도착하셨습니다!"

저녁 무렵이 되자 제주도에 내려갔던 도혁수가 돌아왔다.
다행히 강풍이 잦아들자 결항되었던 비행기가 운행을 하게
되어 서울로 돌아올 수 있었던 것이다.

"어서 와요, 도 실장님!"

집사의 보고에 거실로 나온 오세라는 도혁수를 웃는 낯으로 맞아 주었지만, 도혁수 표정은 그다지 편한 기색이 아니었다.

비행기를 타고 서울로 오는 도중 부리던 하수인에게 알지대표가 유토피아에 핸드폰 광고를 의뢰했다는 소식을 전달한 탓이다.

적당히 인사를 나누고 차가 나오자 도혁수가 먼저 입을 떼었다.

"알지에서 오늘 유토피아에 핸드폰 광고를 의뢰했다는 정보를 입수했습니다."

"뭐, 뭐라고요? 알지에서 유토피아에 핸드폰 광고를 의뢰했다고요?"

오세라는 잔뜩 찡그린 인상으로 도혁수를 쳐다봤다.

하지만 알지의 움직임을 이미 예상하고 있던 도혁수였기에 오세라에 비해 침착한 분위기를 유지하고 있었다.

"알지로서도 바닥까지 떨어진 신뢰를 구축하기 위해 뭔가의 대책이 필요했을 테고, 그런 점에서 유토피아에 핸드폰 광고를 의뢰하는 것이 가장 효과가 좋을 것으로 판단했을 겁니다. 현재 대중에게 가장 호의적인 시선을 받고 있는 곳이 바로 유토피아이니까 말이죠."

"이익! 아무리 그래도 그렇죠! 어떻게 우리에게 광고를 의뢰했던 알지에서 단번에 그쪽으로 돌아설 수가 있는 거죠? 이건 배신이야, 배신! 안 그래요?"

"그래도 알지에서 명성미디어에 손해배상을 크게 물리지 않고 넘어간 것을 불행 중 다행이라고 생각하시는 편이 좋을 겁니다."

"알지 핸드폰 광고까지 유토피아에 빼앗겼으니 이제 대중은 우리 명성을 아주 만만하게 보겠군요. 이대로 손 놓고 두고 볼 수만은 없어요! 뭔가 돌파구가 필요해요!"

도혁수는 이를 빠득 갈아 대는 오세라를 바라보며 속으로 씁쓸히 웃었다.

한마디로 그릇이 아닌 인물.

그런 존재를 명성미디어 회장 자리에 앉힌 것이 문제였다.

"그래서 총수님께서 그것에 대한 대책으로 영화 사업을 추진토록 하셨습니다."

"영화 사업이라고요?"

도혁수는 이곳을 방문하기 전에 먼저 명성금융 총수 주현문을 만나고 왔다.

주현문도 명성에게서 돌아선 알지 대표가 유토피아와 손잡고 핸드폰 광고를 찍게 된 정보를 입수했는지 크게 분노한 기색이었다.

"저번 일은 너무 마음에 담아 두지 말았으면 하네. 어려운 것 없이 오냐오냐 자라서인지 아직 세상 물정을 잘 모르고 있는 아이야. 그러니 도 실장이 곁에서 그 아이를 잘 보필하는 일이 필요하네. 그래서 말인데, 세라가 두 번째 도전할 사업으로는 영화가 어떨까 싶네."

"영화라고요?"

"명성미디어에서 대박 작품을 찍게 된다면 대중도 더는 그 아이를 욕하지 못할 걸세. 광고로 망친 것, 영화로 분위기를 세탁하는 것이 좋을 거라고 생각하네. 그리고 영화 쪽 일은 유토피아와 부딪칠 일이 없을 테니 말일세. 당분간 유토피아와의 마찰은 피하는 편이 좋을 걸세."

도혁수는 총수 주현문의 뜻을 따르는 수밖에 없었다.

그가 생각하기에도 가급적 유토피아와 마찰은 피하는 편이 좋았기에.

하여간 알지에선 유토피아에 핸드폰 광고를 의뢰하는 것으로 돌파구를 마련했고, 명성에선 영화 사업에 눈을 돌리는 것으로 돌파구를 마련했다.

과연 어느 곳이 현명한 판단인지는 나중에 뚜껑을 열어 보면 알 터.

✿

양평 스키장.
유승열이 잡은 촬영 장소였다.

이미 그의 머릿속에 광고 콘셉트가 들어 있는 상태였기에 촬영 문제는 계약서에 도장을 찍자마자 일사천리로 이루어졌다.

일주일 만에 핸드폰 광고를 찍어 매스컴에 선보여야만 했다.

시간이 별로 없었다.

현재 양평 스키장에는 2월의 마지막 스키를 즐기기 위해 많은 사람들이 몰려든 상황이다.

다행히 유승열이 광고 촬영에 필요한 시간대를 사람들 움직임이 적은 밤 시간으로 잡은 상태였고, 스키장과도 잘 협의되었기에 핸드폰 광고 촬영에 지장을 초래하지는 않을 것이라 여겼다.

"모델들이 스키를 탈 수 있다니 다행입니다. 아니면 대역을 구해야 했을 텐데 말이죠."

"그러게요."

카메라 감독 곁에서 촬영장을 둘러보고 있던 유승열의 시선에 석기는 웃으며 고개를 끄덕여 주었다.

핸드폰 광고 모델인 정나우와 서이서, 둘 다 집안 형편이 좋지 못해서 스키와 연관이 없는 삶을 살아왔을 것이라 걱정하고 있었는데 그건 석기의 기우였다.

1월에 〈아우라〉 멤버들이 스키장으로 놀러 오게 되었는데, 그때 배운 스키 실력이 광고를 찍을 정도는 되었던 것이다.

"그럼 모델분들은 분장실로 이동하겠습니다!"

제작팀에서 촬영 준비를 하는 동안 광고 모델인 정나우와 서이서는 메이크업을 받기 위해 분장실로 준비된 장소로 이동하게 되었다.

"메이크업 받기 전에 마셔요."

그때 석기가 둘에게 생수를 건넸다.

겉으로 보기엔 현재 생산 중인 유토피아 생수와 같아 보였지만, 안에 들어 있는 물의 성질은 전혀 다르다고 보면 되었다.

보름짜리 성수가 내포된 생수다.

생수는 정나우와 서이서의 매력을 더욱 빛을 보게 해 줄 터.

그리고 광고를 촬영하는 동안 체력을 강화시켜 줄 테니 지치지 않을 것이다.

그리고 성수는 마시면 심신 안정에도 도움이 될 테니 어떤 상황에서도 차분하게 응할 수 있을 것이다.

"대표님! 감사합니다!"

"저도요! 열심히 할게요! 헤헤!"

정나우와 서이서가 석기가 건넨 생수를 받아 들고는 밝게 웃었다.

유토피아 소속 연예인이라면 모두 알고 있는 일이다.

촬영장에서 석기가 건넨 생수를 마시면 이상하게 일이 잘

풀린다는 것을.

이젠 유토피아 소속 연예인들은 그것이 부적처럼 여겨지고 있을 정도였다.

"대표님! 촬영 시작하려면 시간이 좀 걸릴 테니 주변 경치나 구경하고 오죠."

"그럽시다."

박창수가 주위로 다가왔다.

그는 사람들이 있는 자리였기에 석기에게 존댓말을 사용했다.

그렇게 두 사람은 한적한 장소에 이르자 다시 편하게 반말로 얘기를 주고받게 되었다.

"석기야. 명성미디어에서 영화를 제작할 것이라는 소문이 파다하던데, 사실일까?"

"사실일 거야. 핸드폰 광고가 망했으니 영화로 돌파구를 열려는 속셈일 테지."

명성미디어에서 제작했던 알지 핸드폰 광고가 매스컴에 선을 보이지 못하고 폐기 처분된 것은 광고계를 비롯하여 엔터계에 몸을 담은 이들에게 아주 흥미로운 가십거리로 작용했다.

그래서 명성미디어에서 두 번째로 시도하게 될 영화 사업으로 사람들 관심을 돌리기 위해 소문을 열심히 퍼트렸던 모양인지, 하룻밤 사이에 엔터계에 종사하는 대부분 사람들이 알게 된 상황이다.

"명성미디어에서 영화 사업으로 눈을 돌린 이유는 뻔해. 명성에서 더는 우리와 마찰을 일으켰다간 득보다 실이 많을 것이라 판단했을 테니까."

"하긴 번번이 우리 유토피아와 마찰을 빚었다가 결국 물을 먹은 쪽은 명성이었으니 이제는 몸을 사릴 만도 하겠지."

"자금만 충분하다면 영화 사업도 나쁘진 않긴 해."

영화 하나 찍어서 손익분기점만 넘기기만 하면 적어도 밑지는 장사는 아닐 테니까 말이다.

특히 명성미디어는 영화 사업에 커다란 무기인 배급사까지 갖추고 있는 곳이다.

"이번에 핸드폰 광고에서 막대한 자금을 손실한 명성미디어야. 자금줄이 결코 풍족하지 않은 상황일 테니. 그럼 영화 사업에 들어가는 돈은…… 명성금융 총수의 주머니에서 나오려나?"

"그렇다고 봐야 할 거야."

박창수 말대로 현재 명성미디어의 자금 사정은 결코 좋은 편은 아닐 터.

그런 상황에서 명성에서 돈이 엄청 들어가는 영화 사업에 손을 댄다는 것은 뒤에서 누군가 도와주고 있다고 보면 되었다.

"영화 사업은 오세라 머리에서 나온 것이 아니라, 주현문 총수의 생각일 수도 있겠군."

"내 생각도 같아. 명성미디어 설립에 막대한 기여를 했던 주현문 총수 입장도 있을 테니까."

"그래, 현재 바닥까지 떨어진 명성미디어 인지도를 복구시키는 일이 급선무일 테니까. 영화를 성공시켜 명성미디어 인지도를 구축하려는 심산일 거야."

석기의 말에 박창수가 수긍하듯이 고개를 한번 끄덕여 보이더니 다시 대화를 이어 나갔다.

"석기야, 유토피아에서 알지 핸드폰 광고를 찍게 된 거. 주현문 총수의 귀에도 들어갔겠지?"

"그쪽도 정보통을 갖고 있을 테니 이미 알고 있을 거야. 영화 사업을 시도하게 된 것도 복수심에 불타오른 오세라를 달래려는 목적도 있지만, 영악한 주현문 총수는 지금은 복수보다는 사업을 생각할 때라고 보고 있을 테니까."

"흐음, 이렇게 되면 앞으로 명성미디어와 유토피아가 부딪힐 일은 거의 없게 되겠는데?"

"그렇긴 하겠지. 광고는 몰라도 영화를 제작하는 일은 아직 유토피아의 자금력으로는 무리이긴 해."

석기는 기분이 씁쓸했다.

명성미디어에서 두 번째 사업으로 영화를 정한 것은 그쪽 입장에선 아주 잘한 일이긴 했다.

거기에 명성미디어에는 배급사가 포함되어 있다는 점도

석기의 속을 쓰리게 만들었다.

'여우 같은 늙은이가 나와 마찰을 빚었다간 문제가 된다는 것을 눈치채고 영화로 눈을 돌린 모양이다. 하지만 사람 일은 모르는 법이니까.'

세상사 모르는 일이다.

오장환 못지않게 석기를 눈엣가시처럼 여기고 있는 오세라였기에 명성미디어와의 싸움은 아직 끝이 아니라고 생각했다.

오세라는 한번 노린 먹잇감에 집착이 강하고 지는 것을 몹시 싫어하는 성격이다. 석기와의 경쟁을 포기할 그녀가 결코 아닐 터.

어쩌면 영화 사업을 하면서도 호시탐탐 석기를 도발하고자 안달을 부릴지도 모른다.

바로 그때였다.

'저 사람은?'

박창수와 얘기를 나누고 있는데 주위로 중년 남자가 걸어왔다.

아는 얼굴이다.

석기는 청담동 오피스텔 로비에서 오세라가 동행했던 도혁수를 만난 적이 있었다.

'도혁수다.'

그러자 석기가 얘기를 하다말고 다가오는 인물에게 신경

을 쓰고 있다는 것을 눈치챈 박창수가 의아한 듯 물었다.

"아는 사람이야?"

"도혁수 실장이야."

"저 사람이 도혁수라고?"

박창수는 도혁수를 직접 본 것이 처음이라 그런지 놀란 기색이다.

'도혁수가 여긴 왜 온 걸까?'

알지 핸드폰 광고 촬영 장소로 정한 곳에서 도혁수를 마주친 것이 과연 우연일까 싶었다.

우뚝!

석기 바로 면전에 도착한 도혁수가 걸음을 멈추었다.

도혁수는 석기를 이곳에서 만난 것에 크게 당황하는 기색이 없이 차분했다.

그것은 석기가 목적이었음을 알 수 있었다.

"제가 누구인지 알고 있는 눈치로군요."

"전에 오피스텔 로비에서 마주친 적이 있어서 기억하고 있습니다."

"청담동 오피스텔 말이군요. 양기택 비서실장 일로 오세라 회장님을 모시고 한번 방문했던 곳이죠."

석기를 대하는 도혁수의 눈빛은 적의보다는 호기심이 강해 보였다. 오세라를 보필하는 인물이 저런 눈빛을 하고 있다는 것에 내심 의문이 일긴 했다.

"이곳엔 어인 일로 오신 거죠?"

도혁수의 의중을 떠볼 생각에 물어본 석기의 질문에, 순간 도혁수 속마음이 들렸다.

[과연 유토피아에선 어떤 식으로 핸드폰 광고를 제작할지 궁금하군.]

이어 도혁수가 대답했다.

"알지 핸드폰 광고를 유토피아에서 맡게 되었다는 소식을 듣고 궁금해서 찾아오게 되었습니다. 과연 어떤 식으로 핸드폰 광고를 제작하려는지 말이죠."

"그랬군요."

도혁수는 말과 속마음이 일치했다.

그렇다면 정말로 도혁수는 알지 핸드폰 광고 촬영이 궁금해서 이곳에 구경 왔다는 의미였다.

"이곳에 오신 것, 혹시 오세라 회장도 알고 있는 일인가요?"

석기는 일부로 오세라를 언급하여 도혁수를 자극했다.

"오세라 회장님은 모르고 있으십니다. 이곳에 온 것은 그냥 개인적인 일탈로 보시면 될 겁니다."

"개인적인 일탈?"

"보다 정확한 속내는 신석기 대표님에 대한 궁금증 정도라고 여기셔도 무방할 겁니다."

"흐음. 재미있군요. 참, 소문 들었습니다. 명성미디어에서 영화를 찍을 거라는 소문이 파다하던데요. 소문이 사실이겠죠?"

"사실입니다."

"저희 유토피아와 마찰을 피하려는 의도로 영화로 눈을 돌린 거라고 판단되는데요."

"맞습니다. 당분간은 서로 경쟁하는 일은 없을 것으로 봅니다."

"그것이 주현문 총수의 입장인가요?"

석기의 질문에 도혁수가 대답 대신 피식 웃었다.

"그럼. 이만 가 보겠습니다."

도혁수가 석기에게서 몸을 돌렸다.

바로 그때였다.

[아까 모델들에게 건네준 생수. 그것이 아무래도 의심스럽다.]

도혁수 속마음이 의미심장했다.

핸드폰 광고 촬영이 궁금해서 찾아온 것은 맞지만, 그 안에 의미심장한 의미가 숨겨져 있음을 눈치챌 수 있었다.

"……!"

걸어가는 도혁수를 주시하는 석기.

도혁수가 생수를 의심하고 있다.

성수의 원천인 블루문.

석기의 부모는 과거에 블루문을 가지고 연구하다가 불의의 사고로 세상을 떴는데, 그 후로 블루문에 대한 정보는 아무것도 밝혀지지 않은 채로 세월이 흐른 상황이다.

명성금융 총수 주현문.

주현문은 분명 석기의 부모가 죽게 된 것에 밀접한 연관이 있는 인물일 터. 블루문에 대해 자세한 정보는 몰라도 그래도 뭔가 알고 있을 수도 있다.

그런데 도혁수는 그런 주현문이 부리는 사람이란 것이다.

'만일 도혁수를 내 편으로 만든다면…… 주현문을 처리하는 일이 쉬워질 터.'

멀어진 도혁수를 바라보며 석기가 주먹을 꽉 거머쥐었다.

✿

"대박! 여기서 알지 핸드폰 광고를 찍는다면서?"

"알지 핸드폰 광고라면 명성미디어에서 찍었다가 폐기되었다고 하지 않았나?"

"맞아. 명성 대표가 명품 가방 불태운 일로 대국민 사과문까지 발표했잖아."

"근데 그 광고를 다시 찍는다고?"

"유토피아에서 찍는다면 뭔가 다르지 않을까?"

"유토피아 광고라면 인정!"

"맞아. 유토피아 광고들 하나같이 대박을 터트리긴 했지."

"호오! 그럼 핸드폰 광고도 대박을 터트리는 광고가 되는 건가?"

"근데 광고 모델은 누구지?"

"걸그룹 〈아우라〉 멤버 중에서 정나우랑 서이서가 핸드폰 광고를 찍는다고 하던데."

"아싸! 나 서이서 팬인데! 스키장 오길 잘했다!"

"난 정나우도 괜찮던데."

"명성 광고 모델은 완전 사이코던데. 이러면 크게 비교되겠다."

"얼른 친구들한테 전화해야겠다."

"다들 모이라고 해!"

"맞아! 역사적인 순간을 놓쳐선 안 되지! 실물로 〈아우라〉 멤버들을 영접할 기회인데!"

스키장에서 알지 핸드폰 광고를 촬영한다는 것을 듣고 구경꾼들이 잔뜩 몰려들었다.

특히 유토피아 걸그룹 〈아우라〉 팬들은 이곳에서 정나우와 서이서를 보게 된다는 것에 환호성을 지르고 난리도 아니었다.

잠시 후.

드디어 풀 메이크업에 스키복 의상까지 갖춘 정나우와 서이서가 촬영장에 등장했다.

와아아아! 짝짝짝!

구경꾼들의 환호에 정나우와 서이서는 여유롭게 손을 흔들어 주었다. 두 사람은 메이크업을 받기 전에 석기가 준 성수를 마신 효과로 평소보다 배로 매력을 발산하고 있었다.

"대표님! 저희들 광고 잘 찍고 오겠습니다!"

석기를 향해 정나우와 서이서가 씩씩하게 인사하고는 조연출을 따라 리프트에 올라탔다.

스키장 언덕 위에서 아래로 내려오는 장면을 찍기 위해서.

⊗

잠시 후.

알지 핸드폰 광고 모델인 정나우와 서이서를 태운 리프트가 스키장 언덕 위에 도착했다. 함께 리프트를 타고 왔던 조연출과 코디들. 코디들이 모델들의 얼굴과 의상을 체크하는 사이, 무전기를 장착한 조연출이 언덕 아래에서 대기하고 있던 유승열의 지시에 고개를 끄덕였다.

"10분 후에 촬영 들어갑니다! 두 분 저기 촬영 지점에 스탠바이 하세요."

촬영 지점에서 스탠바이 하게 된 정나우와 서이서.

고요했다. 사방이 하얀 눈으로 뒤덮인 스키장 정경. 참으로 아름답다.

그녀들은 스키장을 와 본 것이 처음은 아니었지만, 광고를 찍기 위한 모델로 언덕에 선 것은 처음이라 설레기도 하고 기대도 되었다.

"와! 진짜 끝내준다!"

"밤이라 그런지 환상적이야!"

스탠바이 10분. 길다면 길고 짧다면 짧게 느껴질 수도 있다.

하여간 두 사람이 보기엔 높은 언덕에서 내려다보는 스키장의 분위기는, 아래에서 볼 때와는 또 다른 장관을 느끼게 해 주었다.

스키장 곳곳에 설치된 조명에서 흘러나온 빛이 하얀 눈에 반사되어 굉장히 환상적으로 다가왔다.

게다가 광고 촬영 때문에 스키장에 스키를 타는 사람도 없다 보니 하얀 눈으로 뒤덮인 사방이 마음이 뻥 뚫린 것처럼 너무 자유롭게 느껴졌다.

―정나우 양! 서이서 양! 앞서 저랑 함께 찍었던 〈아우라〉 립스틱 광고처럼 이번 광고에서도 저는 두 분의 매력을 한껏 발산하도록 할 생각입니다! 참고로 핸드폰 광고의 콘셉트는

'빠르다'와 '아름답다'입니다! 스키를 타고 눈이 쌓인 언덕 아래로 쏜살같이 내려오는 속도감과, 그런 두 분의 모습에서 최상의 미를 이끌어 내어 대중을 사로잡을 계획입니다!

정나우가 서이서를 힐끗 쳐다봤다.

곧 촬영에 들어간다는 소리에, 리프트를 타고 스키장 언덕 위로 오르기 전에 유승열이 했던 말이 떠올랐다.

"이서야."

"응?"

"유 팀장님이 했던 말 기억나?"

"물론이지. 유 팀장님 말대로라면 이번 광고도 아주 근사할 것 같지 않아?"

"그래, 그런 의미에서 우리 유 팀장님에게 한 방에 오케이 사인을 받도록 해 보자!"

"좋아! 파이팅!"

정나우와 서이서가 서로의 얼굴을 바라보며 밝게 웃었다.

두 사람의 눈빛은 흔들림이 없이 침착했다.

석기가 건네준 생수.

그곳에 내포된 성수로 인해서였다.

"레디! 액션!"

드디어 유승열 숫 사인이 터졌다.

그걸 신호로 스키장 언덕 위에서 스탠바이하고 있던 정나우와 서이서가 즉각 움직였다.

샤아아악! 샤아아악!

허공에 띄운 여러 대의 드론이 스키를 타고 언덕 아래로 쏜살같이 내려오는 두 사람의 동작을 여러 각도에서 잡았고, 언덕 아래의 메인 카메라와 보조 카메라도 좋은 장면을 놓치지 않기 위해 열일을 했다.

"와! 그림 죽인다!"

"속도 완전 빨라!"

"움직임이 예술인데?"

"진짜 너무 아름답다!"

"이번 광고, 예감이 좋지?"

스태프들은 스키선수를 방불케 할 정도로 깔끔하고도 아름다운 정나우와 서이서의 움직임을 감탄한 눈으로 지켜봤고, 촬영 현장에 몰려든 구경꾼들도 너무 환상적인 장면에 입을 떡 벌린 몰골이다.

'멋지군.'

석기도 속으로 감탄을 쏟아 냈다.

정나우와 서이서의 스키 실력.

그가 생각했던 것보다 훨씬 뛰어났던 탓이다.

'혹시 성수 덕분인가?'

성수가 재능을 업그레이드시켜 주긴 했다.

스키 능력에도 영향을 준 것이 분명했다.

'하긴 보름짜리 성수이니.'

메인 카메라를 통해 포착된 정나우와 서이서의 모습에서 신비로운 아우라가 넘실거렸다. 느낌이 아주 좋다. 앞서 유토피아에서 제작했던 〈아우라〉 립스틱 광고와 맞먹을 정도의 아우라다.

'이번 광고도 대박이 예상되는군.'

그때 언덕 아래로 내려온 정나우와 서이서가 얼굴을 가렸던 고글을 벗고는 메인 카메라를 향해 환하게 웃어 보였다. 보름짜리 성수가 들어간 생수를 마신 효과 때문인지 둘의 얼굴이 여신처럼 너무 아름답다.

모든 것이 너무 완벽했다는 것에 흥분한 유승열이 움켜쥔 주먹을 허공을 향해 힘차게 휘두르며 포효하듯이 외쳐 댔다.

"오케이이이! 컷!"

한방에 오케이 사인이 나왔다.

재촬영은 무의미하다고 생각했다.

방금 건진 장면에 유승열이 원하는 모든 것이 들어 있었기에.

핸드폰 광고 콘셉트에서 원하는 '빠르다'와 '아름답다'를 명확하게 보여 준 것이다.

"이보다 더 멋진 그림을 건질 수가 없을 겁니다! 하하하!"

유승열이 호쾌하게 웃었다.

그로 인하여 스태프들과 광고 모델들도 모두가 축제 분위

기였다. 덩달아 구경꾼들도 즐거운 표정들로 박수를 보내며
축하했다.

❀

핸드폰 광고가 완성되었다.

광고 제작에 사흘이 걸렸다.

검증을 위해 알지 본사의 행사홀에서 약식으로 광고 시사
회를 갖기로 했다.

앞서 명성미디어에서 제작했던 알지 핸드폰 광고에 문제
가 생겨 폐기 처분한 일로 이번에는 조용히 시사회를 치르기
로 한 것이다.

알지에서는 안성춘 대표와 임원들, 유토피아에서는 광고
제작을 맡은 유승열과 광고 모델들인 정나우와 서이서, 그리
고 유토피아 대표인 석기와 임원으로 박창수가 참석하게 되
었다.

"저희 유토피아에서 제작한 광고가 대표님의 마음에 꼭 드
실 것이라 자신합니다!"

석기의 자신감 넘치는 태도였다.

이미 아우라를 통해 검증이 되었기에.

석기의 자신감에 알지 대표 안성춘이 흐뭇하게 웃었다.

"감사합니다! 그렇게 말씀하시니 더욱 기대가 되는군요!"

안성춘은 석기가 약속을 지킨 것에 그를 더욱 신뢰했다. 사흘 안에 만든 광고이나 결코 대충 만든 광고가 아닐 것임을 믿었다.

찰칵찰칵! 번쩍번쩍!

기자들이 석기와 안성춘이 악수를 나누는 장면에 플래시를 터트렸다.

약식으로 진행되는 광고 시사회이지만 기자도 두 명 참석했다.

안성춘 대표는 유토피아를 믿고 핸드폰 광고 제작을 의뢰한 상태였지만, 그래도 공정한 판단을 받고자 광고에 제법 안목을 갖춘 이들로 추려서 시사회에 부른 것이다.

"앞서 불미스러운 일로 제작했던 광고를 폐기 처분한 뒤 이번에 유토피아에서 새로 만든 광고입니다. 편견 없이 공정한 시선으로 광고를 봐 주시면 감사하겠습니다."

알지 대표 안성춘은 기자들에게 공정한 판단을 바란다면서 직접 당부했다.

이어 핸드폰 광고를 제작한 유승열과 광고 모델인 정나우와 서이서에 대한 간단한 인터뷰가 끝나자 다들 좌석에 자리했다.

"그럼 알지 핸드폰 광고 시사회를 시작하겠습니다."

전등이 소등되었다.

앞좌석에 안성춘과 함께 나란히 자리한 석기는 전면의 스크린을 주시했다.

광고는 영화와는 달랐다.

짧은 시간 안에 제품의 특성과 매력을 보여 주는 것으로 승부를 보는 셈이다.

차르르륵!

하얀 눈으로 뒤덮인 스키장 언덕 아래로 쏜살같이 내려오는 모델들의 모습이 스크린을 가득 메웠다.

보는 이의 마음을 시원하게 만들 정도로 멋진 장면이었다.

또한 스키를 타고 질주하는 모델들의 모습에서 속도감이 짜릿하게 전달되었다.

빠르다!

알지 핸드폰의 장점을 부각시키기 위한 광고 카피였다.

광고가 계속 이어졌다.

스키를 타고 내려온 모델들이 고글을 벗고 환하게 웃는 모습이 스크린에 비췄다.

아름답다!

아우라가 넘실거리는 정나우와 서이서의 모습이다.

보는 눈을 행복하게 만들어 줄 정도로 대중의 마음을 사로

잡을 광고가 아닐 수 없다.

'역시 유토피아로군!'

'대표의 선택이 옳았어!'

'단순하지만 명확하군!'

'이야! 우리 알지에서 원하는 콘셉트를 제대로 그려 냈어!'

핸드폰 광고 시사회에 참석한 알지 임원들. 하나같이 눈빛에 감탄의 기색이 역력했다.

임원들은 앞서 명성미디어에서 제작했던 알지 핸드폰 광고 시사회에도 참석했던 상태였기에 더욱 비교가 될 수밖에 없었다.

무엇보다 명성미디어에서 제작했던 알지 핸드폰 광고에 들어간 제작비와 유토피아에서 제작한 광고 제작비를 비교하면 그야말로 하늘과 땅의 차이였다.

그럼에도 적게 돈을 들인 유토피아에서 제작한 핸드폰 광고가 몇 배로 더 근사했다.

특히 명성에서 제작한 광고에서는 절대 느끼지 못했던 두근거림이 이번 광고에서 느껴졌다는 것이다.

'허! 이것이 사흘 안에 만든 광고라고 하면 누가 믿겠어?'

'단순하지만 주제도 명확하고 광고의 짜임새도 훌륭하다.'

기자들도 잔뜩 흥분한 모양새다.

공정한 판단을 하고자 눈에 힘을 주고 광고 영상을 주시했지만 흠을 잡을 구석이 전혀 없다.

명성에서 제작했던 핸드폰 광고는 막대한 돈을 써가면서 억지로 대중의 관심을 끌려는 분위기였지만, 유토피아에서 제작한 이번 광고는 비용을 많이 쓴 것도 아니면서 사람의 마음을 자연스럽게 사로잡는 강한 매력이 있었다.

와아아! 짝짝짝!

광고 시사회가 끝나자 우레와 같은 기립박수가 터져 나왔다.

시사회에 참석한 사람들이 광고에 반해서 자동적으로 자리에서 일어나 열광적으로 환호했다.

'이번 광고도 성공한 건가?'

핸드폰 광고를 만든 유승열.

뜨거운 박수 세례에 그의 얼굴이 붉게 상기되었다.

광고를 촬영하면서 이미 느끼긴 했지만 이번 광고 즐겁게 완성할 수 있었던 것이다.

'기립박수를 받다니 기분 좋다!'

'히히! 광고가 잘 빠지긴 했지.'

광고 모델인 정나우와 서이서.

방금 시사회를 통해 본 핸드폰 광고도 그녀들의 마음을 두근거리게 만들었지만, 사람들의 열렬한 반응에 그만 두 사람은 기분이 날아갈 것처럼 좋았다.

둘이 생각하기엔 앞서 유토피아에서 제작했던 립스틱 광고에 전혀 뒤지지 않을 분위기였다.

립스틱 광고에서는 〈아우라〉 걸그룹 멤버들의 끼와 매력을 보여 주었다면, 이번 광고에서는 전율과 아름다움을 만끽하게 해주었다.

  스윽!

  석기가 알지 대표 안성춘을 바라봤다.

  [믿고 있었지만 정말 마음을 사로잡는 광고다. 유토피아를 찾아간 것은 역시 신의 한수였다.]

  안성춘의 속마음을 들은 석기의 입꼬리가 살며시 위로 올라갔다.

  ❋

  핸드폰 광고 시사회가 끝났다.

  기자들의 솔직담백한 시사회 후기가 인터넷에 올라왔다.

  오늘 알지 핸드폰 광고 시사회에 참석하게 되었다. 우여곡절 끝에 유토피아에서 제작하게 된 알지 핸드폰 광고는, M미디어에서 제작했다가 폐기 처분된 핸드폰 광고와는 궤를 달리한 광고라 볼 수 있다. 저예산으로 광고 콘셉트에서 원하는 바를 제대로 살렸을뿐더러, 유토피아에서 제작한 광고에는 자연스럽

게 사람의 마음을 끄는 매력이 있다는 점에 높은 점수를 주고
싶다.

알지 핸드폰 광고 모델로 등장한 정나우와 서이서는 유로피
아 소속 가수로 〈아우라〉 걸그룹의 멤버들이다. 이번 광고를 맡
은 유승열 씨는 앞서 제작했던 립스틱 광고에 이어 두 사람의
또 다른 매력을 이끌어 내는 데 성공했다고 본다.

기자들의 시사회 후기에 대중은 뜨거운 관심을 보였다.
명성미디어에서 제작했다가 실패한 알지 핸드폰 광고라는
이미지 때문에 더욱 대중의 관심을 끌게 된 것도 있다.

　　-과연 기자들의 후기를 믿어도 될까요?ㅠㅠ

　　-너무 물고 빠는 느낌이라~ㅋ

　　-한번 망한 광고인데 알지에서 심폐 소생 하고자 발악하는 느낌
적인 느낌이~ㅋㅋ

　　-맞아. 한번 망한 광고가 어디 가겠어?

　　-저예산으로 찍은 광고라면 수준이 떨어질 듯ㅠㅠ

　　-돈만 많이 들인다고 결코 좋은 광고는 아니지~

　　-인정! 거액을 투자한 M미디어 광고 폭망했음!ㅋㅋ

　　-정나우와 서이서가 나왔다죠?

　　-대박 광고가 되길 기원해요!

　　-팬질하는 덕후들은 꺼지셈!

―너나 꺼지셈! 뜨면 어쩔티비?

―폭망한다는 데에 내 손모가지 건다!

―그놈의 손모가지 작두로 시원하게 잘라 주마! ㅋㅋㅋㅋ

네티즌들이 기자들이 인터넷에 올린 시사회 후기를 가지고 치고받고 난리도 아니었지만, 이미 알 사람은 알고 있다는 것이다.

특히 알지 대표 안성춘.

"당장 내일부터 광고 보도해!"

⁜

명성금융 총수실.

총수 주현문의 호출에 본사를 방문한 도혁수.

새로 비서실장이 된 임기춘이 그를 깍듯한 태도로 맞이했다.

"오셨습니까?"

"안에 총수님 계시지?"

"네! 들어가시면 됩니다."

도혁수가 지금은 오세라를 위해 명성미디어로 물러난 상태이나 임기춘의 레벨로는 도혁수를 함부로 무시할 수 없다. 같은 주현문의 측근이나 도혁수가 명성에서 차지하는 비중은 상당히 컸다.

"......!"

그러나 순간, 닫힌 총수실 문 앞에 서 있던 임기춘의 눈빛에 불쾌한 기색이 엿보였다.

총수와 도혁수가 만나는 자리에 그는 끼지 못한 상황이다.

그렇다는 것은 총수가 그보다 더 도혁수를 중요시 여기고 있다는 의미로 보면 되었다.

"부르셨습니까, 총수님!"

국내에서 현금 부자로 통하던 명성금융의 총수실답게, 널따란 사무실에 실내 인테리어에서도 고급스러운 품격이 느껴졌다.

"왔는가?"

도혁수의 인사에 소파에 자리한 총수 주현문이 가볍게 고개를 끄덕여 보이며 손짓을 까딱했다.

"이쪽으로 와서 앉게나."

도혁수는 상석에 자리한 주현문의 우측 소파에 자리했다.

차를 준비해 온 여비서가 안으로 들어와 두 사람이 자리한 테이블 앞에 찻잔을 내려놓고는 밖으로 사라졌다.

"흐음."

차로 입가심을 한 주현문이 손목시계를 바라봤다.

"TV를 틀어 보게."

"네!"

도혁수가 총수의 지시에 테이블에 놓인 리모컨을 누르자 벽면에 설치된 TV 화면이 밝아졌다.

"듣자 하니 유토피아에서 제작한 알지 핸드폰 광고, 오늘부터 매스컴에 나온다지?"

"그렇다고 들었습니다."

"알지에서 똥줄이 탔던 모양이야. 번갯불에 콩 볶아 먹는다는 말처럼 아주 빨라. 어제 광고 시사회를 했음에도 오늘 광고를 내보낼 생각을 하다니 말일세."

"신제품 출시가 코앞이라 그랬을 겁니다."

"하긴 알지를 탓할 수만은 없지."

주현문이 씁쓸히 입맛을 다셨다.

본래 기획했던 대로 순탄하게 흘렀더라면 지금쯤 명성미디어에서 제작한 알지 핸드폰 광고가 매스컴에 나와야만 하는 상황이다.

하지만 명성에서 만든 핸드폰 광고는 폐기 처분되고, 그 자리를 유토피아에서 만든 광고가 대체하게 된 상황이다.

"알지 임원들 반응이 좋았다면서?"

"그렇다고 듣긴 했습니다."

"흐음, 직접 보면 알겠지."

두 사람이 TV를 지그시 주시했다.

공교롭게도 오성 냉장고 광고가 끝나자 곧바로 알지 핸드폰 광고가 나왔다.

상황이 그리 유쾌한 것은 아니지만 지금은 핸드폰 광고를 탐색할 타이밍이라 두 사람은 눈을 빛내며 광고 영상에 집중했다.

광고 모델들이 스키를 타고 언덕 아래로 내려오는 장면을 통해 알지 핸드폰의 장점을 부각시킨 광고였다.

단순했지만 명확한 광고였다.

특히 마지막 영상.

아무런 광고 카피도 없이 그저 알지 핸드폰을 짧게 노출시킨 것으로 광고가 끝났다.

앞서 광고 카피로 '빠르다'와 '아름답다'를 어필한 것으로 더는 핸드폰을 구구절절 설명할 필요가 없다는 의미였을 터.

한편으론 폐기 처분되긴 했지만 명성미디어에서 제작했던 핸드폰 광고와는 확실히 대조적이라 볼 수 있었다.

명성에서 찍은 광고는 수백억에 해당하는 명품 가방들을 불태우는 신을 등장시키고, 심지어 광고 마지막에는 광고 모델이 핸드폰을 들고 명품보다 더욱 멋진 핸드폰이라 떠들어 댄 것이다.

'명품은 굳이 말하지 않아도 알아준다는 것을.'

주현문 총수가 주먹을 꽉 쥐었다.

알지 핸드폰을 명품 폰으로 선전하고자 명성미디어에서 했던 짓거리를 떠올리자 그만 낯이 뜨거웠다.

'역시 격이 다른 광고다.'

도혁수도 유토피아에서 제작한 알지 핸드폰 광고를 인정할 수밖에 없었다. 자연스럽게 사람을 홀리는 매력적인 광고였기에.

"명성에서 만든 광고를 폐기한 것은 잘한 일 같군."

주현문의 솔직한 발언에 도혁수도 수긍하듯이 대답 대신에 가볍게 고개를 끄덕여 보였다.

"이제 다음 주면 MB와 KB방송에서 드라마를 방영하게 될 텐데, 오성 냉장고에 알지 핸드폰 광고가 죄다 떠 버리면 드라마도 MB가 유리하게 되겠군."

"광고의 영향도 있겠지만 KB 드라마에서 제법 비중 있는 조연 배역인 진수아 양의 하차로 드라마의 줄거리가 변한 것이 더 치명적으로 작용할 것이라 봅니다."

도혁수 입에서 넙튜 소동을 일으킨 장본인인 진수아의 이름이 언급되자 주현문 총수의 이맛살이 표 나게 구겨졌다.

"진태형 이사가 사직서를 제출했다고 들었습니다."

"그래, 그걸 보면 자식 교육이 정말 중요하긴 해. 아무리 어려도 그렇지 어떻게 그런 통화 내용을 넙튜에 올릴 생각을 한 건지……. 쯧쯧!"

주현문 총수는 오세라가 했던 진상 짓에 대해선 전혀 문제시 삼을 생각이 없는 듯, 그저 진수아만 문제아처럼 취급했다.

"진태형 이사에 대한 처리가 필요하겠군요."

"당연한 일 아닌가? 자식이 회사에 막대한 피해를 끼쳤는데, 고작 사직서로 면피가 될 것이라 생각하나?"

"하면 어떻게 처리하실 생각이십니까?"

"그 문제는 도 실장은 신경 쓰지 않아도 될 걸세."

"알겠습니다."

도혁수는 살기 어린 주현문의 분위기에 마음이 편치 않았다.

넵튠 소동으로 인해 진태형 가족이 외국으로 이민을 떠날 거라는 정보를 입수했다.

하지만 외손녀 사랑이 지극한 총수 주현문의 성격상 오세라의 자존심에 크게 스크래치를 내 버린 진수아를 결코 용서하지 않을 것이라 생각했다.

아마 진태형 가족이 외국으로 이민을 떠나게 되면 살인 청부업자를 사주하여 외국에서 가족 전부를 처리하려 들 것이 뻔했다.

하지만 그 문제는 도혁수가 상관할 일이 아니라 생각했기에 분위기를 환기시키듯이 나왔다.

"총수님, 오세라 회장의 칩거를 풀어 주시는 것이 좋겠습니다."

"다음 주부터 슬슬 회사에 얼굴을 비치도록 해 줘. 더는 막아 놨다간 다른 사고를 칠 수도 있으니."

"알겠습니다."

도혁수의 대답에 주현문이 이번엔 문 쪽을 잠시 주시하다간 의미심장한 눈빛으로 다시 대화를 이어 나갔다.

"유토피아에서 생산한 생수, 성분 분석은 해 보았는가?"

"총수님 지시대로 성분 분석을 해 봤지만 일반 생수의 성분과 큰 차이가 없는 것으로 밝혀졌습니다."

도혁수는 주현문의 지시로 유토피아에서 소외 계층 사람들에게 기증한 생수 중 하나를 몰래 입수했다.

그리고 생수를 연구소에 맡겨 성분 분석을 의뢰했다.

그런데 기대했던 것과는 달리 생수에서 발견된 것이 별반 없다는 것이다.

"흐음, 일반 생수와 별반 차이가 없단 말이지? 한데 유토피아 생수의 원천이 되어 주고 있는 장소……. 그곳이 과거에 천운그룹의 비서실장을 지냈던 구용우란 인물이 소유했던 야산이라고 알고 있네."

과거 천운그룹 회장의 충신으로 불렸던 구용우에 대해 주현문은 익히 알고 있었다.

주현문이 탐을 냈던 인재였기에.

천운그룹이 망하자 회사를 떠난 구용우를 명성금융에 끌어들이고자 부단히 노력했지만 씨알도 먹히지 않았다.

주현문은 천운그룹을 망하게 만드는 데 일조했기에, 명성금융에서 천운그룹의 자산을 싹쓸이해 갔다는 소문을 구용우도 알고 있었을 터.

그래서인지 이직을 권하는 주현문을 마치 벌레 보듯이 쳐다봤던 구용우의 눈길을 아직도 잊지 못하고 있었다.

"지금은 그곳이 유토피아 대표의 손에 넘어온 상태입니다."

"그곳이 어떻게 유토피아 대표의 손에 넘어가게 된 거지?"

주현문의 눈빛이 반짝였다.

구용우가 소유했던 경기도 양평에 위치한 야산. 그곳은 본래 천운그룹 회장의 소유지였는데, 충신 구용우에게 선물로 하사했던 것으로 알고 있다. 그런 곳이니만큼 구용우 성격에 쉽게 누군가에게 내줄 리가 없었다.

"구용우 노인에게 아들이 하나 있었는데 얼굴에 심한 화상을 입었던 것으로 압니다. 어쩌다 구용우 노인이 사는 동네를 방문한 유토피아 대표가 구용우 노인의 아들을 치료해 주게 되었고, 그 대가로 야산을 넘긴 것으로 압니다. 그리고 그 일이 계기가 되어 구용우 노인 아들은 현재 유토피아 대표의 일을 도와주고 있고요."

"우연치고는 묘한 일이지만 그게 사실이라면 야산을 넘겨받은 것은 대가라고 보면 되겠군."

"그렇게 봐도 무방할 겁니다."

"한데 한 가지 이해가 안 가는 것은 유토피아 대표가 벌이는 사업이야. 비누와 향수와 립스틱, 심지어 생수까지…….죄다 성분 분석을 해 봤지만 건진 것이 없다는 걸세. 다들 평범해. 그럼에도 효능은 놀라울 정도고. 이건 마치 세상에 없는 신비로운 물질을 혼자 소유하고 있는 것은 아닌가 싶을 정도야."

주현문은 말이 끝나자 슬쩍 도혁수의 얼굴을 살피듯 쳐다봤다.

포커페이스답게 표정 변화를 찾아볼 수 없었다.

가끔은 주현문도 도혁수 속내가 궁금할 때가 있었다.

오랜 기간 그의 측근으로 지내온 도혁수였기에 충성심은 믿을 만했지만, 속내를 알아채기란 결코 쉬운 일은 아니었다.

주현문이 도혁수를 떠보듯이 물었다.

"혹시 천운그룹이라고 아는가?"

"지금은 사라지고 없는 기업이나 과거에 천운그룹은 국내에서 잘나가던 기업이었다고 들었습니다."

도혁수의 말을 들은 주현문은 갈등이 되었다.

명성 정보통을 장악한 도혁수다.

그랬기에 새로 비서실장이 된 임기춘을 총수의 측근으로 부리고는 있지만 도혁수를 쉽게 팽하지 못하는 것도 그가 정보통에 막강한 영향력을 행사하고 있기 때문이다.

도혁수라면 이미 명성금융이 천운그룹과 얽힌 과거의 사연을 모두 알고 있을 것이라 여겼다.

'그렇다면 차라리 정보를 오픈해서 도 실장을 개처럼 부려 먹는 방법도 좋겠군. 자신을 믿고 비밀을 말해 주었다고 여

길 테니 열심히 꼬리를 흔들어 대겠지.'

주현문이 의미심장한 눈빛으로 도혁수의 얼굴을 지그시 주시했다.

"도 실장, 자네도 눈치채고 있겠지만 우리 명성금융이 국내에서 손가락에 꼽히는 대기업이 될 수 있었던 것은 모두 천운그룹 덕분이기도 하네. 과거에 정부에 찍힌 천운그룹은 운이 나빴지만, 반대로 정부의 눈도장을 찍은 우리 명성은 운이 좋은 셈이었지. 그리고 나는 찾아온 기회를 놓치지 않았거든."

모든 일의 발단은 천운그룹 회장 부부가 마야 유적지에서 발견한 구슬로 인해서였다.

천운그룹에선 구슬에 생명 연장의 비밀이 숨겨져 있다는 것을 알고는 은밀히 구슬 연구를 위한 프로젝트에 들어갔고, 그걸 정부의 수뇌부가 눈치채고는 탐욕을 부린 것이 화근이 되었다.

결국 정부의 수뇌부는 구슬을 빼앗고자 몇몇 기업을 선동하여 천운그룹을 압박하기에 이르렀다. 구슬을 인류를 파괴할 수 있는 위험 물질로 분류하여 연구 중인 프로젝트를 전면 폐기토록 하고, 구슬을 정부에 넘기도록 강요했다.

사실 정부 수뇌부는 구슬에 담긴 신비로운 힘을 개인의 불로 영생에 이용할 욕심을 품고 있었다.

당시 주현문은 사업이 한창 어려운 시기였기에 정부에서

시키는 대로 움직이면 큰 콩고물이 떨어질 것이라 눈치채고 누구보다 열심히 조력했다.

그 결과 천운그룹이 망하자 그곳의 재력은 주현문과 조력했던 나머지 기업들이 나눠 갖게 되었다. 물론 가장 열심히 조력했던 주현문에게 돌아온 보상이 가장 컸다.

잠시 과거를 회상했던 주현문의 입술이 다시 떼어졌다.

"지금부터 꺼내는 얘기는 명성금융이 국내에 자리를 제대로 잡지 못했던 초창기 시절의 일일세. 그때 당시 정부의 수뇌부였던 각하께서 몇몇 기업의 수장을 은밀히 보자고 하더군. 천운그룹에서 비밀리에 연구 중인 프로젝트 때문이었지. 프로젝트의 핵심 물질에 각하께서 관심을 갖고 계셨어. 하지만 끝내 천운그룹에서 항복하지 않자, 나에게 천 회장의 하나뿐인 아들을 납치하도록 강요했지. 실은 지금까지 한 얘기는 과거에 각하 앞에서 작성했던 비밀 유지 각서에 적힌 내용이라네. 이걸 자네에게 털어놓는 이유가 뭐라고 생각하나?"

능구렁이 같은 주현문의 눈이 도혁수 얼굴을 빤히 주시했다.

불사신이 따로 없다

'총수가 내게 원하는 것이 무엇일까?'

과거에 주현문에게 비밀 유지 각서를 작성하게 했던 정부의 수뇌부는 얼마 전에 세상을 떠났다.

화무십일홍(花無十日紅).

아름다운 꽃이 열흘을 넘기지 못한다는 말처럼, 과거에 천하를 덜덜 떨게 만들었던 그 인간도 결국은 자연의 흐름을 거역할 수는 없었다.

총수 주현문. 과거에 옭아맸던 족쇄가 풀린 것에 과거사를 이리 털어놓았을 것이나, 도혁수에게 뭔가 원하는 것이 있다는 의미였다.

일단 총수에게 더 들을 정보가 있었기에 생각할 시간이 필요했다.

"총수님께서 과거에 천운그룹 회장의 아들을 납치하는 일에 가담한 것은 총수님 자의로 행한 일은 아닐 것이라 생각합니다."

아이를 납치한 일은 충격이긴 했지만 탐욕이 강한 주현문의 성격을 생각하면 이익이 되는 일이라면 그건 아무것도 아닐 터.

"맞네. 그때 당시 각하께서 천운그룹을 압박하고자 끌어모은 기업들 수장들 중에서 오직 내게 원한 일이었지. 내가 가장 약세였거든. 나라면 결코 각하의 청을 거절하지 못할 것이라 생각했겠지. 나는 그걸 기회라고 생각했다네. 해서 망해 가는 우리 명성을 되살릴 기회라 여겨 군말 않고 각하의 지시대로 움직였다네."

비열한 변명.

주현문은 과거에 천운그룹 회장의 아들을 납치한 것이 명성금융을 살리기 위해 어쩔 수 없는 일이었다고 정당성을 주장하고 있었다.

"그렇다면 천운그룹 회장 부부는 아들이 납치당한 상황에서 어떻게 나왔죠?"

주현문은 도혁수가 자신이 던진 질문에 대해 답하지 않고 자꾸 옆길로 새는 질문을 하고 있는 상황이 탐탁지 않았지만 인내심을 발휘했다.

실은 머리가 커진 도혁수를 제거하는 일도 생각해 봤지만, 주변을 둘러보니 도혁수만큼 쓸모 있는 인물도 없다는 점이었다.

해서 도혁수의 처리를 나중으로 미루기로 했다. 현재로써는 총수가 원하는 일을 해 줄 최적의 인물이었기에.

"아들이 납치당한 소식을 들은 부부는 그제야 연구하던 프로젝트 핵심 물질을 포기하게 되었지."

도혁수의 눈빛이 빛났다.

대체 핵심 물질이 뭐기에 아이를 납치까지 한다는 말인가. 그것도 정부 수뇌부가 연관된 일이다.

"핵심 물질이란 정확하게 어떤 것입니까?"

이번 질문에 주현문이 잠시 침음을 삼키다가 입을 열었다.

"정확하게 밝혀진 내용은 아니나 핵심 물질은 인간의 수명 연장과 관련이 있다고 들었네. 모양새는 작은 구슬처럼 생겼고. 지구가 아닌 다른 외계에서 비롯된 물질로 보면 될 걸세."

주현문의 말을 들은 도혁수가 가볍게 고개를 끄덕여 보이곤 다시 질문을 이어 나갔다.

"부부가 핵심 물질을 포기했다면 아이를 찾았겠군요."

"그건 아닐세. 각하 손에 들어온 그것이 가짜임이 밝혀졌지. 각하를 기만한 대가로 보복당했다네. 부부는 아들이 납치된 장소로 움직이다가 아들을 만나지 못하고 결국 교통사고로 목숨을 잃었다네."

"고의적인 사고였단 말이군요."

"덤프트럭이 앞뒤로 붙어 부부가 탄 차량을 박살 내듯이 덮쳤다고 하니, 아마 차에 탄 상태로 즉사했을 거네."

그때 당시 부부의 사고를 전해 들었던 기억을 떠올린 주현문이 씁쓸히 웃었다.

부부가 그리 처참하게 죽은 것은 정부의 수뇌부가 하는 일에 끌어들인 기업들의 수장들에게 함부로 배신하지 못하도록 본보기를 보여 주기 위한 일환이었음을 알고 있기에.

"그럼 납치된 천운그룹 회장의 아들은 어떻게 되었죠?"

"회장 아들은…… 죽었다네."

"확인하신 일입니까?"

"그렇다네."

천 회장의 아들이 죽은 것.

납치를 사주했던 해결사는 아이가 죽었다고 보고했다.

해결사의 보고에 주현문은 흔적을 없애고자 아이가 갇혀 있던 폐건물에 불을 지르라고 명했다. 설령 아이가 목숨이 붙어 있었다고 해도 불길을 빠져나오는 일은 불가능했을 터.

그 후 주현문은 그때의 일에 대해서 기억에서 깨끗하게 지워 버렸다. 다섯 살짜리 아이가 그로 인하여 죽음을 맞은 것을 구태여 상기할 필요가 없었기에.

"그렇담 핵심 물질은 어디로 사라진 겁니까?"

"부부가 죽고 나서 각하께선 천운그룹에서 숨긴 그것을 찾아내고자 백방으로 노력했지. 하지만 모두 허사였어. 나중에 임기가 끝나자 각하께선 그때의 일이 세상에 밝혀졌다간 문제가 될 소지가 있었기에 비밀로 붙이게 되었다네. 또한 그 일에 관여했던 나를 비롯한 몇몇 기업들 수장들도 마찬가지였지. 다들 골치 아픈 일에 휘말릴 필요가 없다는 것에 비밀유지 각서 조항대로 함구하게 되었지."

"그렇다면 천운그룹에서 연구했던 프로젝트 핵심 물질은 지금까지 누구의 손에도 들어가지 않은 것만은 확실하겠군요."

"흐음, 그렇다고 봐야 할 걸세."

도혁수가 보기에 낮게 침음을 삼키는 주현문의 표정에서 탐욕과 아쉬움이 느껴졌다.

현재 주현문의 나이가 있다 보니 천운그룹에서 연구했던 핵심 물질을 손에 넣게 된다면 스스로의 생명 연장에 도움을 받을 수도 있었을 것이니 말이다.

"질문은 더는 받지 않겠네. 이제 자네 생각을 말해 보게. 내가 굳이 과거에 묻어 두었던 일을 자네에게 꺼낸 이유가 뭐라고 생각하나?"

도혁수 눈에 힘이 바짝 들어갔다.

이제부터 본론에 들어갈 차례다.

도혁수는 주현문이 무엇을 원하는지 눈치챈 데다가, 지금 총수에게서 등을 돌렸다간 죽음에 이를 것임도 안다.

당연히 총수의 눈밖에 벗어나는 행동은 위험했다.

"총수님께선 사라진 핵심 물질을 찾고 싶으신 겁니다."

도혁수의 대답에 주현문의 입꼬리가 슬쩍 올라갔다.

"맞네. 그걸 손에 넣게 된다면 세상을 내 마음대로 흔들 수 있을 거라 보네."

"……."

"그런 점에서 핵심 물질을 찾아내는 데 가장 적합한 인물로 도 실장 자네를 선택하게 되었다네."

"……."

"만일 그걸 찾아낸다면 자네에게 절반의 공로를 인정해 줄 생각이네. 그렇게 된다면 자네는 세상에서 누구나 부러워하는 엄청난 재력과 권력을 거머쥐게 될 걸세. 또한 잘만 연구하면 영원히 죽지 않는 인생을 살 수도 있을 걸세. 생각만 해도…… 이거, 가슴이 떨리는 일이지 않는가?"

주현문의 달콤한 말에도 도혁수는 결코 현혹되지 않았다.

사라진 핵심 물질을 정말로 찾아낼 경우, 총수는 결코 도혁수의 공로를 인정해 줄 리가 없을 터였기에. 오히려 그날이 제삿날이 될 터.

얼마 전에 오세라 일로 총수의 본성을 확실하게 알게 된 이후로 도혁수 마음에 빗장을 걸게 되었다.

지금은 필요해서 도혁수를 이리 회유를 하려 들고 있지만 쓸모가 없어지는 순간 솥에 삶아질 것이다.

"어마어마한 재력과 권력이라⋯⋯. 흥분되는 얘기로군요. 하면 제가 어떻게 하면 되겠습니까?"

지금은 철저하게 가면을 쓸 필요가 있었다.

주현문의 얘기에 솔깃해하는 표정을 연출한 도혁수의 분위기에 총수가 흡족하니 웃으며 말했다.

"전폭적인 지원을 아끼지 않을 테니 핵심 물질을 반드시 찾아내도록 해 보게나. 그런 점에서 유토피아 대표를 주의 깊게 살펴볼 필요가 있겠어. 설마하니 그놈이 과거에 죽은 천운그룹 회장 아들일 리는 없겠지만⋯⋯ 하여간 그곳에서 벌이는 사업들이 뭔가 수상쩍단 말이지."

"알겠습니다."

"그리고 지금 이곳에서 나온 얘기는 누구에게도 절대 발설해선 안 되는 일임을 명심하게."

"유념하겠습니다."

총수실에서 나온 도혁수를 밖에 대기하고 있던 임기춘이 질투의 눈빛으로 쳐다봤다.

임기춘은 안에서 어떤 얘기가 흘러나왔는지 너무도 궁금했지만, 입이 무거운 도혁수가 총수와 긴밀히 나눈 얘기를 함부로 밝힐 리가 없었다.

'그렇다고 해도 따로 알아낼 방법이 있지.'

본사 옥상으로 올라온 임기춘은 핸드폰을 꺼내어 누군가와 통화를 나누기 시작했다.

"나야. 총수가 도 실장에게 중요한 일을 맡긴 모양이야. 그게 뭔지 꼭 알아내."

–알겠습니다.

임기춘은 도혁수가 부리는 하수인 하나를 매수한 상태였다.

하수인에게 주현문이 도혁수에게 맡긴 일을 꼭 알아내라고 지시했다.

✵

일주일이 흘러갔다.

유토피아 회의실에 석기와 임원들이 모였다.

오성 냉장고 광고에 이어 알지 핸드폰 광고까지 대박을 터트리게 되었다.

또한 드디어 주말에 스타트를 끊은, 민예리와 한여진이 출연한 MB방송 드라마도 출발부터 분위기가 상당히 좋다 보니, 회의실에 참석한 이들의 얼굴에 웃음꽃이 피었다.

게다가 이번에 유토피아에서 새로 시작한 사업인 생수에 대한 대중의 반응도 아주 뜨거웠다.

앞서 유토피아에서 생산한 비누와 향수와 립스틱처럼 생수 역시 제품 출시 전에 광고로 먼저 선을 보일 생각에 아직 생수 출시를 미루고 있는 상태였다.

생수 광고는 아직 제작하지 않았다. 그럼에도 은가비가 토크쇼에서 밝힌 내용으로 인해 이미 유토피아 홈피에 생수에 대한 문의가 빗발치고 있었다.

그런 상황이다 보니 생수 광고 제작이 시급했다.

"대표님! 이제 유토피아 생수 광고도 제작해야 하지 않겠습니까?"

유토피아 엔터 사장 채현우의 말에 광고 제작팀장 유승열이 관심을 보였다.

"대표님! 생수 광고도 제게 맡겨만 주시면 멋진 광고를 만들어 보겠습니다!"

유승열의 말에 석기가 웃는 얼굴로 고개를 끄덕여 주었다.

알지 핸드폰 광고가 크게 뜨자 광고계에서 이제 유승열을 일컬어 '미다스의 손'으로 칭하고 있었다. 만드는 광고마다 모두 히트를 쳤기에 당연한 호칭이긴 했다.

"한데 생수 광고 모델은 누구로 선정하실 겁니까? 민예리 배우와 한여진 양은 오성 냉장고 광고를 찍었고, 정나우와 서서 양은 알지 핸드폰 광고를 찍은 상황이라 생수 광고까지 찍기에는 이미지 손실이 우려가 되어서 말이죠."

채현우의 말처럼 유토피아 소속 연예인들은 돌아가면서 다들 광고를 찍은 상황이다.

그랬기에 소속 연예인들의 이미지 손실을 위해서 생수 광고는 다른 인물로 찍는 것도 좋았다.

"안 그래도 저도 그 점을 생각하고 있었습니다. 다들 은가비 씨 토크쇼를 보셨을 테니 아실 겁니다. 저는 생수 모델로 유토피아 생수를 기증받은 적이 있던 박순자 할머니의 손녀 아람이로 선정할 생각입니다."

뜻밖의 석기 말에 다들 놀란 기색이 역력했다.

"귀엽게 생긴 아이이긴 하지만 아직 어린아이인데, 생수 모델로 괜찮겠습니까?"

"화장품에 비해 생수의 가격대가 저렴한 편이긴 하지만 그래도 생수 한 병에 10만 원이면 제법 센 가격이라 봅니다. 그런 점에서 그 아이를 모델로 삼는 것은 명품 생수에 어울리는 분위기는 아닐 듯싶네요."

채현우와 유승열의 반응에 석기가 이런 말이 나올 것을 예상했다는 듯이 준비한 생각을 모두에게 밝혔다.

"사업가의 입장에선 돈을 버는 것은 아주 중요한 일이니 광고도 당연히 신경을 써야겠죠. 하지만 저는 이번 생수 사업은 조금 특별한 의미를 부여할 생각이거든요. 생수를 10만 원에 판매를 한다면 저소득층이나 소외 계층 사람들에게는 그림의 떡이 될 테니까요. 해서 돈도 벌고 불우한 사람에게 보탬도 되는 일을 해볼 생각입니다."

잠자코 석기의 말을 듣고 있던 박창수가 나섰다.

"그렇다면 생수를 구매하는 사람들에 따라 가격대가 달라질 거란 말씀이신가요?"

"맞습니다. 박 이사님 말처럼 저소득층과 소외 계층 사람들에게는 생수 가격대를 십분지 일의 가격대인 1만 원으로 판매될 겁니다. 물론 다른 사람들에게는 정한 가격대인 10만 원으로 판매될 것이고요. 유토피아 생수는 대중에 식수 개념보다 건강을 위한 생수로 인식이 박히도록 할 계획입니다. 물론 돈이 많은 이들은 얼마든지 식수 개념으로 저희 생수를 이용할 수도 있겠지만 그것까지 간섭할 필요는 없는 일이죠."

석기 말에 기획홍보 팀장 홍민아가 의견을 밝혔다.

"건강을 위한 생수! 유토피아 생수의 효과를 생각하면 어울리는 기획 홍보라고 봐요. 한데 그런 식으로 생수를 판매하게 될 경우, 생수를 저렴하게 사고자 소외 계층 사람들을 이용하는 편법도 발생하지 않을까요?"

편법.

그건 석기도 우려하던 부분이기도 했다. 홍민아의 말처럼 가격대가 10만 원이나 하는 생수이다 보니 분명 저렴한 가격으로 생수를 구입하고자 편법이 발생할 수 있다고 말이다.

"그 점에 대해선 우려하지 않아도 될 겁니다. 유토피아에서 생산한 생수의 판매 방식은 다른 생수업체와는 다를 테니 말이죠."

"그게 무슨 말씀이죠?"

홍민아의 시선에 석기가 빙긋 웃어 보이곤 다시 말을 이어나갔다.

"참고로 지금까지 유토피아에서 생산한 화장품들은 갤로

리아 백화점에서만 판매했지만 생수는 두 가지 방식을 택할 생각입니다."

"두 가지라고요?"

모두가 궁금한 기색으로 석기의 얼굴을 주시했다.

"화장품과 마찬가지로 유토피아 생수 역시 명품으로 대중에게 인식을 시킬 생각이기에 첫 번째 판매 장소로 지정된 곳은 갤로리아 백화점이 될 겁니다. 그곳에선 본래 정한 가격대로 10만 원에 생수를 판매하게 될 겁니다."

갤로리아 최대 주주인 서연정과 이미 유토피아에서 생산할 생수에 대한 계약 체결은 끝난 상태였다. 또한 중국에 오픈한 갤로리아에도 유토피아 생수를 보급할 생각이다.

그리고 하반기에 오픈할 일본의 갤로리아도 마찬가지이고. 물론 중국과 일본에서 판매될 유토피아 생수는 한국과는 달리 생수 가격을 두 배로 받게 될 것이다.

"다음으로 두 번째 유토피아 생수를 판매할 장소로 지정된 곳은 바로 본사입니다. 유토피아 생수를 구입할 의사가 있는 저소득층과 소외 계층 사람들은 주소만 등록하면 본사에서 각 가정으로 생수를 택배로 보내게 될 겁니다. 한 달에 구입할 수 있는 생수 최대 개수는 10개로 한정할 생각입니다. 생수 10개면 10만 원입니다. 마음 같아선 더 많은 생수를 불우한 이들에게 보급하고 싶지만 금액이 커지면 생활에 부담이 될 수도 있을 테고, 자칫 홍 팀장님이 방금 말했던 것처럼 편법이 기승을 부릴 수도 있을 테니까요."

석기가 잠시 말을 끊고는 회의실에 자리한 임원들의 얼굴을 둘러보았다.

석기는 유토피아 생수를 팔아서 돈을 벌겠다는 의도도 있지만, 그것을 이용하여 불우한 이들의 건강을 증진시키려는 목적도 내포되어 있었다.

만일 유토피아 생수를 가지고 편법으로 돈을 벌려는 마음을 갖고 있는 이들에게는 그에 상응하는 대가를 치르도록 해 줄 작정이다.

석기가 베푼 호의를 사람들이 권리인 것처럼 당연하게 생각하지 못하게 만들 작정이다.

해서 회의실에 자리한 이들에게는 비밀이지만 저소득층과 소외 계층 사람들이 구입할 생수에는 석기의 의지로 비롯된 사람들은 모르는 표시가 되어 있다고 봐도 좋았다.

그랬기에 석기의 호의를 나쁜 용도로 이용할 시 생수에 내포된 성수의 가치는 말끔히 사라지게 될 터였다.

─저소득층과 소외 계층 사람들이 이익을 취하고자 편법을 쓸 경우 대응할 방법이 있습니다. 택배로 보내질 생수마다 첫 번째 구매자인 '주인 보존' 법칙을 적용시키면 되니까요. 법칙을 어긴 생수는 자연스럽게 평범한 생수로 변하게 될 겁니다. 생수의 효과를 보지 못한다면 사람들은 더는 편법을 이용하려 들지 않을 테니까요.

본사에서 처리할 생수에 주인 보존 법칙을 적용시키는 문제는 생각보다 간단했다. 석기의 의지 발현만 있으면 되었다. 의지 발현으로 평범한 생수를 성수로 전환시킬 수 있듯이, 주인 보존 법칙이 적용되면 성수는 보통 물로 만들 수도 있다는 점.

물론 그건 사람들에겐 비밀이었기에 둘러댈 말이 필요했다.

"만일 사람들이 호의를 이용하여 유토피아 생수를 돈을 버는 수단으로 활용한다면 결국 득보다 실이 크다는 것을 깨닫게 될 겁니다. 그리고 편법을 이용하여 거래한 이들이 발견되면 양쪽 모두 영원히 유토피아 생수를 구입하지 못하도록 조치할 생각입니다. 그러니 홍 팀장님이 우려했던 일은 벌어지지 않을 것이라 봅니다."

그제야 홍민아가 웃는 얼굴로 고갤 끄덕였다.

"하긴 유토피아 생수니까요. 그걸로 돈을 벌려는 것보다는 사용하는 것이 이익이긴 하겠죠."

채현우도 홍민아 말에 맞장구를 치듯이 나왔다.

"맞습니다! 생수를 팔아서 얻는 수익보다 그걸 사용하는 편이 백배 이로울 테니까요."

유승열이 웃는 낯으로 석기를 쳐다보며 말했다.

"말이 나온 김에 오늘 당장 생수 광고 모델을 만나 봐야겠습니다. 다행히 박순자 할머님이 사시는 곳이 여기서 그리 멀지 않은 거리이니 말이죠."

"그럼 저는 유 팀장님과 함께 광고 모델을 만나 보고 올 테니 박 이사님은 생수 공장에 연락해서 생산 일정을 조율해 놓도록 하세요. 광고가 매스컴에 풀리게 되면 그때부터 출시를 준비해야 할 테니까요."

"넵! 알겠습니다!"

"홍 팀장님은 저소득층과 소외 계층 사람들에게 생수를 판매할 것에 대비하여 로드맵을 확실하게 구축해 놓는 것도 좋겠습니다."

"알겠습니다, 대표님!"

"그리고 채 사장님! 올해는 유토피아 엔터 소속 연예인 숫자를 더 늘려야겠죠? 공개 오디션으로 뽑는 것도 좋을 듯싶으니 한번 일정을 잡아 보세요."

"네! 그러겠습니다!"

유토피아 대표 석기의 카리스마가 여지없이 발휘되었다. 다들 석기의 말에 군말이 있을 수 없었다. 모두가 한마음으로 척척 움직였다.

✦

봉천동 박순자 할머니 집.

그곳을 방문한 석기와 유승열. 그리고 생수 광고 모델 계약을 위해 법무팀장 서경훈도 동행했다.

"유토피아 대표 신석기입니다!"

"아이고! 저번에 보내주신 생수 아주 고맙게 잘 받았구먼요. 여까지 오시느라 참말 고생이 많으셨소."

유토피아에서 기증한 생수로 위병이 모두 낫고 체력까지 좋아진 덕분에 박순자 할머니의 혈색은 아주 좋았다. 박순자는 유토피아 대표가 누추한 그녀의 집을 방문한 것에 어쩔 줄을 몰라 했다.

"네가 아람이구나?"

"박아람입니다!"

석기의 시선에 귀엽게 생긴 어린 손녀가 꾸벅 인사했다.

손녀 역시 기증한 생수 덕분에 건강한 혈색이었고 눈빛이 초롱초롱 샛별처럼 반짝였다.

박아람을 생수 광고 모델로 삼게 된다면 유토피아 소속 연예인으로 키우는 것도 좋았다.

[완전 멋진 오빠다! 나중에 커서 이런 오빠랑 결혼하고 싶어! 히히!]

박아람의 천진난만한 속마음을 들은 석기는 아이를 향해 빙그레 웃어 주고는 할머니를 상대했다.

"할머님! 저희가 이곳을 찾아온 이유는 손녀를 생수 광고 모델로 삼기 위해서입니다."

"저희 아람이를 모델로요?"

"네! 일단 생수 광고 모델 계약이 우선이긴 하지만, 만일 아람이가 원한다면 유토피아 엔터 소속 연예인으로 키워 줄 생각입니다."

"하아! 우리 아람이를?"

박순자 할머니는 얼이 빠진 기색이었다. 신기한 생수를 기증해 준 것도 고마운 일인데 어린 손녀를 광고 모델로 삼겠다니 믿기지가 않았던 것이다.

[대박! 내가 광고 모델을 한다고? 그리고 유토피아 엔터 연예인도 시켜 주고?]

초등학생인 어린아이였지만 박아람은 꿈이 있었다. 집안 형편은 열악해도 귀엽게 생긴 외모에 성격도 활달해서 반에서 인기가 좋았다.

나중에 커서 유명한 연예인이 되어서 돈을 많이 벌어 할머니를 호강시켜 주는 것이 아이의 꿈이었다.

"저 광고 모델 하고 싶어요!"

아람이가 손을 번쩍 들고는 석기를 초롱초롱한 눈으로 쳐다봤다. 어린 아이였지만 찾아온 기회를 절대 놓치고 싶지 않다는 결연한 눈빛이기도 했다.

"할머님! 아람이가 광고 모델을 하고 싶다는데 보호자이신

할머님 생각은 어떠세요?"

"저야 아람이가 원한다면 반대할 생각은 없긴 하지만…….
근데 연예인이 되려면 집안이 좀 살아야 할 텐데…… 괜찮을
까요? 보다시피 우리는 생활 형편이 이래서…….."

박순자는 잔뜩 위축된 기색이다.

그녀도 어린 손녀에게 찾아온 좋은 기회를 놓치고 싶지 않
았지만 너무 과분해서 더럭 겁이 났다. 연예인이 되려면 집
안에서 푸시도 해 주어야만 성공할 수 있을 텐데, 그녀는 겨
우 입에 풀칠이나 하는 집안이기 때문이다.

괜히 어린 손녀의 가슴에 바람을 잔뜩 집어넣었다가 나중
에 손녀의 가슴에 피멍을 들게 만드는 것은 아닌지 불안했다.

그런 박순자 할머니의 속마음을 캐치한 석기가 부드러운
미소를 머금어 보였다.

"할머님! 돈 걱정은 전혀 하지 않으셔도 됩니다. 아람이에
게 들어가는 제반 비용은 모두 유토피아에서 지출될 것이며,
달마다 소속 연예인 품위 유지비로 100만 원이 따로 나올 겁
니다. 그리고 아람이가 나중에 드라마나 영화에 출연하게 된
다면 그것에 대한 출연료도 정산받게 될 거고요."

석기의 말을 들은 할머니 박순자는 입이 떡 벌어졌고, 손
녀 박아람 역시 지금 상황이 꿈만 같았기에 잔뜩 얼이 빠진
기색이었다.

"그럼 생수 광고 모델 계약서를 먼저 작성하시고, 연예인

계약서를 작성토록 하시죠."

"자, 잠깐만요! 대체 다른 애들도 많을 텐데 왜 우리 아람이를 생수 광고 모델로 삼는 건지 그것이 듣고 싶구먼요."

박순자 할머니는 석기가 거짓말을 할 사람은 아니라고 여겨지긴 했지만, 그래도 열 길 우물 속은 알아도 한 길 사람속은 모르는 법이라 생각했다.

"유토피아에서 판매할 생수는 앞으로 10만 원을 받게 될 겁니다."

"허어! 생수 한 병이 10만 원씩이나 한다고요?"

박순자의 눈이 동그래졌다.

생수 한 병에 10만 원이라니.

하지만 유토피아 생수는 이제까지 마셔 본 다른 업체의 생수와는 뭔가 확실히 달랐다. 그걸 마시고 몸이 이렇게 좋아진 것이다.

아무리 약을 먹어도 치료가 되지 않던 몸이 생수를 마시고 완치되었으니까.

그랬기에 10만 원도 사실 비싼 가격이 아닐 수도 있다.

하지만 소외 계층 사람들에게는 10만 원이란 생수는 그림의 떡일 수도 있다는 것에 마음 한구석이 돌덩이를 매단 것처럼 무겁게 느껴졌다.

그런 박순자의 무거운 마음을 눈치채고 있던 석기가 다시말을 이어 나갔다.

"할머님! 저는 저소득층과 소외 계층 사람들에게는 생수를 1만 원으로 받을 생각입니다. 그런데 문제는, 그렇게 판매 되는 생수에 의혹을 가질 사람들이 생길 테죠. 하지만 순수한 아람이를 유토피아 생수 광고 모델로 삼으면 사람들이 가진 의혹에 대한 설명은 따로 필요 없을 것이라 보고 있습니다."

박순자 할머니가 천천히 고개를 끄덕이며 입을 열었다.

"그러니까 대표님 말씀일랑 진실은 통한다는 거로구먼요."

석기가 환하게 웃어보였다.

"맞습니다. 똑같은 품질의 유토피아 생수지만 어려운 사람들에게는 저렴하게 판매하고, 형편이 좋은 사람들에게는 제 값을 주고 구매하도록 할 겁니다. 그런 의미에서 아람이는 유토피아 생수의 광고 모델로 최적의 아이거든요."

박순자 할머니가 크게 감동하여 석기의 손을 잡고는 눈물을 글썽였다.

"냉장고와 생수를 기증해 주신 것도 참말 고마운데…… 우리 아람이까지 신경 써 주셔서 감사합니다! 복 많이 받을 겁니다!"

그렇게 생수 모델은 박순자 할머니의 손녀 아람이로 결정이 났고, 거기에 유토피아 소속 연예인 계약까지 하게 되었다.

계약이 모두 끝난 뒤, 박순자 할머니의 집을 살펴본 석기는 그녀가 폐휴지를 주워서 어린 손녀를 키우고 있다는 것을 기억해 내고는 그녀에게 다른 제안을 했다.

"이번에는 할머님께 제안을 드리고자 합니다."

"무슨 제안을……?"

"유토피아에서 건물 청소를 해 줄 분을 모집하고 있는데, 생각이 있으시다면 일자리를 알아봐 드릴게요. 만일 할머님께서 하시겠다면 유토피아 근방에 숙소를 지원받으실 테니, 아람이가 기획사에 오가는 것이 한결 편해질 겁니다."

"그런 일자리가 있다면 저야 당연히 대찬성이구먼요."

"그렇다면 회사에 와서 일해 주세요. 숙소는 내일이라도 이사를 오실 수 있도록 마련해 놓을 테니까요."

석기가 이런 제안을 한 것은 결코 동정이 아니었다.

박아람은 스타로 성공할 싹을 품은 아이였다.

그녀의 밝고 청명한 아우라가 기분 좋게 느껴졌다.

❈

다음 날.

오늘부터 유토피아 생수 광고 촬영에 돌입하기로 했던 유승열이 무슨 이유인지 석기를 찾아왔다.

생수 광고 콘셉트는 정해졌다.

그랬기에 이제 광고를 찍는 일이 시급했는데, 대표실을 찾아온 유승열은 뜸을 들이듯이 한참이나 석기 얼굴을 빤히 바라보다가는 이내 결심이 섰는지 입을 열었다.

"대표님! 생각해 봤는데 생수 광고 촬영 장소를 생수의 원천인 양평의 옹달샘에서 찍으면 어떨까 싶은데요."

양평 야산의 옹달샘, 유토피아 생수의 원천이 되는 곳이니 생수 광고로 제격이긴 했다.

그리고 앞으로 생수 사업에 뛰어들게 된 이상, 이제 그곳도 사람들에게 공개가 되긴 할 터. 물론 야산의 옹달샘을 사람들에게 공개한다고 해도 그곳이 블루문을 품었던 옹달샘이라는 것은 누구도 모를 것이다.

블루문. 그건 세상에 비밀이기에.

블루문에 대해선 석기 혼자만이 알고 있을 뿐이었다.

"본래 실내 세트장에서 촬영하기로 하지 않으셨나요?"

"그랬었죠. 하지만……."

유승열이 어색하게 인상을 찌푸렸다.

실내 촬영 세트장에서도 얼마든지 생수 광고 촬영을 할 수 있으리라 여겼다.

하지만 그건 판단 미스였다.

생동감이 느껴지지 않았다.

[야산의 옹달샘, 역시 그곳밖에는 없어.]

유승열의 속마음이 들렸다.

생수 광고를 빨리 제작해야 생수를 시판할 수 있게 된다는 점도 있고, 이번 광고에 초등학생인 어린아이가 모델이라는 점에 바깥보다는 안전한 실내의 촬영 세트장이 좋겠다고 생각했다.

하지만 아침에 세트장을 둘러보던 순간.

유승열은 그만 고개를 젓고 말았다.

밤을 지새워 만든 촬영 세트장이다.

하지만 아닌 건 아닌 거였다.

"그러세요. 아무래도 야산의 옹달샘이 생수의 원천지이니 그림이 좋긴 하겠네요."

석기의 허락에 단숨에 고민이 사라진 탓인지, 유승열이 크게 기쁜 표정으로 얼른 가져온 보고서를 그에게 내밀었다.

"유토피아 생수 광고 콘셉트입니다. 대표님께서 한번 보시고 의견 부탁드립니다."

"이건 또 언제 쓰셨대요?"

"흠흠, 슬쩍 보완만 했습니다."

석기가 보고서를 살펴봤다.

촬영 장소가 야산의 옹달샘으로 변경된 것에 광고 콘셉트가 일부 바뀌었지만 전반적인 흐름은 같다. 하지만 역시 광고계에서 '미다스의 손'으로 불리는 인물답게 유승열의 광고 콘셉트는 나무랄 데 없이 훌륭했다.

"좋군요. 이대로 진행하시죠."

"감사합니다, 대표님! 그럼 지금 당장 촬영장으로 출발하겠습니다!"

"촬영 장소가 변경되었는데 오늘부터 촬영이 가능하겠어요?"

"대표님 허락만 떨어지면 당장 촬영에 임할 수 있도록 만반의 준비가 되어 있으니 걱정하지 않으셔도 됩니다!"

"광고 모델은요?"

"아람이도 메이크업은 끝났을 테니 가는 길에 픽업해서 데려가면 될 겁니다."

"좋아요. 그럼 아람이는 제가 데리고 갈 테니, 유 팀장님은 제작팀과 함께 움직이도록 하세요."

"넵!"

야산의 옹달샘에서 광고를 찍을 생각에 잔뜩 신이 난 유승열의 광대가 실룩거렸다. 만일 실내의 세트장을 고집했다면 이런 유승열의 표정을 보기 힘들었을 터.

즐거운 마음으로 작업에 임한다면 효과는 배로 클 것이라 생각하니 석기도 덩달아 기분이 좋았다.

회사에서 경기도 양평까지 그리 먼 거리는 아니니 오늘 촬영도 불가능한 것은 아닐 것이다.

'혹시 이러다가 이번 광고도 하루 만에 광고 촬영이 끝나는 거 아냐?'

앞서 유승열이 맡았던 알지 핸드폰 광고도 뚝딱 하루 만에 광고 촬영이 끝났고, 광고가 완성되기까지 총 사흘 정도 걸렸기에 내심 기대가 되긴 했다.

물론 생수 광고 모델로 선정한 박아람은 알지 핸드폰 광고를 찍었던 정나우와 서이서에 비해 어린아이란 것과, 모델로서 카메라 앞에 서 본 경험이 없다는 것에 걱정이 되긴 했다.

'그렇다면 아람이게도 성수의 부적이 필요하겠군.'

어차피 유토피아 소속 연예인이 된 박아람이다.

한편으로 생수 광고는 박아람의 첫 무대인 셈이다.

게다가 유토피아 생수를 대신할 모델인 박아람을 위해 유토피아 대표인 석기가 광고 모델을 배려하는 것은 지당한 일이었다.

"박 이사, 양평 야산에 가지 않을래?"

-갑자기 거긴 왜?

"생수 촬영 장소가 야산의 옹달샘으로 변경되었어. 따라갈 거면 후딱 튀어오고."

-거기 가면 저녁에 삼겹살에 소주도 사 주나?

"알았어. 하하! 난 분장실 가서 아람이 픽업해 올 테니 너는 먼저 차에 대기하고 있어."

-오케이!

박아람을 혼자 데려가는 것보다 분위기 메이커인 박창수와 동행하는 것도 좋으리라.

"대표님! 안녕하세요!"

석기가 분장실로 들어서자 예쁘게 치장이 끝난 박아람이 수줍게 웃는 얼굴로 배꼽 인사를 했다.

여자의 변신은 무죄. 어려도 여자는 여자이긴 했다. 확실히 꾸며 놓으니 귀염성이 배로 커졌다.

그런 박아람의 머리 위에 청명한 아우라가 넘실거렸다.

한편으론 누구도 몰라본 아이의 스타성을 석기가 발굴해 낸 셈이었다.

오늘 광고 촬영 기대가 되었다.

과연 박아람이 어떤 모습을 보여 줄지 말이다.

"아람 양! 촬영 장소가 바뀌었어. 촬영 장소까지 내가 데려다줄 테니 함께 가자."

"와! 그럼 대표님이랑 함께 차를 타고 가는 거예요?"

"나랑 가는 것이 불편하면 코디 언니들하고 다른 차로 움직여도 좋고."

"아, 아니에요! 완전 좋아요! 저 대표님이랑 갈래요! 히히!"

박아람이 천진난만하게 웃었다.

경기도 양평 야산.

서울에서 그리 먼 거리는 아니었고 평일이었기에 생각보다 빨리 촬영 장소에 도착할 수 있었다.

확실히 박창수는 분위기메이커 역할을 제대로 해냈다. 박아람은 서글서글한 박창수로 인하여 차를 타고 오는 동안 학교 친구들 얘기며 박순자 할머니에 대한 얘기를 귀엽게 떠들어 댔다.

차에서 내렸다.

3월 초의 날씨치고는 제법 봄기운이 완연했다.

산수유가 야산 여기저기를 노랗게 물들이고 있었고, 연두색 수목에게서 뿜어져 나온 싱그러운 기운이 기분을 한없이 상쾌하게 만들어 주었다.

"서울서 조금만 벗어나면 공기가 이렇게 좋단 말이지."

"그러게."

석기는 박창수 말에 고개를 끄덕이며 동조해 주었다.

야산 옹달샘에서 생수 광고 촬영을 한다는 것에 연구소 직원들이 모두 나와서 석기와 일행을 반겨 주었다. 그 속에는 연구팀장인 구민재도 있었다.

박창수의 노골적인 시선에 구민재도 같이 저녁에 삼겹살에 소주를 마시자고 약속을 잡아 놓은 뒤 박아람을 데리고 촬영 장소로 향했다.

박아람은 야외로 나온 것에 소풍을 온 것처럼 즐거워했다.

먼저 이곳에 도착한 유승열은 스태프들과 함께 옹달샘 주변에 촬영 장비를 설치하느라 분주히 움직이고 있었다.

"신 대표! 나는 유 팀장님을 도울 테니 신 대표는 아람 양에게 옹달샘 구경시켜 줘."

"그럴까?"

박창수의 친화적인 성격이 바빠 보이는 스태프들을 그냥 두고 보지 못했다.

스태프들에게 달려가는 박창수를 웃으며 바라보던 석기는 박아람과 옹달샘 주위로 다가섰다.

"이곳이 옹달샘이야!"

"와! 대따 신기해요! 저 옹달샘 처음 봐요! 히히!"

동요 속에나 등장하던 옹달샘을 직접 구경한 것에 박아람이 손뼉을 치며 신기한 눈으로 쳐다봤다.

생수 사업을 시작하면서 옹달샘이 위치한 아래쪽 땅속에 수도관이 매립된 상태였지만, 겉으로 보기엔 옹달샘은 자연의 상태 그대로 보존된 분위기였다.

석기가 생각해도 정말 신기했다.

영원히 마르지 않은 샘물처럼.

땅속에 매립한 수도관을 통해 생수로 사용할 물이 잔뜩 빠져나가고 있음에도 옹달샘은 여전히 수위 변화가 없이 찰랑거렸다.

바로 그때였다.

푸드득! 푸득!

옹달샘 주변으로 새 한 마리가 날아왔다. 야산에 사는 새로 보였는데, 날개를 다쳤는지 나는 모습이 어딘지 불안정하게 보였다.

하지만 옹달샘을 구경하고 있던 석기와 일행으로 인해 새가 옹달샘에 선뜻 다가들지 못하고 거리를 두고 지켜보고 있는 상황이었다.

'……설마?'

문득 석기는 작년에 옹달샘에서 보았던 다람쥐가 떠올랐다. 다리를 다친 다람쥐였는데, 옹달샘에 다친 곳을 잠시 담그다가 인기척에 놀라 후다닥 도망을 쳤다. 그때 민첩했던 다람쥐의 움직임으로 봐선 다친 곳이 모두 나았다는 것을 알수 있었다.

"아람 양! 잠시 뒤로 물러나 볼래? 저기 새가 옹달샘에 물을 먹으러 온 모양인데 우리 때문에 물을 먹지 못하고 있나 봐."

"아하! 알겠어요!"

박아람이 얼른 석기를 따라 뒤쪽으로 물러났다.

그때까지도 주변에서 떠나지 않고 있던 새가 불편한 날개짓을 파득거리면서 옹달샘으로 날아갔다.

그러고는 부리를 옹달샘 물에 대고는 잠시 그곳의 물을 쪼아 대기 시작했다.

다친 곳에 옹달샘 물을 닿게 하는 것도 효과를 볼 수 있지만, 물을 마시는 것으로도 효과를 볼 수 있긴 했다.

새도 그걸 알고 있는 눈치였다.

그렇게 잠시간 부리로 열심히 옹달샘 물을 쪼아 먹던 새가 석기가 있는 곳을 쳐다보다간 푸드득 야산 저 멀리로 날아갔다.

아까 보았던 날개 짓에 비해선 상태가 많이 좋아진 편임을 단박에 알아볼 수 있었다.

"이상하다? 아까는 새가 잘 날지 못했는데 지금은 완전 잘 나네?"

박아람은 옹달샘에 성수가 내포된 비밀을 모르고 있었기에 새의 다친 날개가 고쳐진 것을 이상하게 여겨졌는지 고개를 갸우뚱거렸다.

"새가 아마 물을 마시고 정신이 돌아온 모양이야."

"그랬나 봐요. 히히!"

박아람은 석기가 해 준 말로 인해 새에 대한 의문을 모두 떨쳐 버렸는지 해맑게 웃었다.

몸 여기저기가 아픈 할머니가 기증받은 생수를 마시고 몸이 쌩쌩해진 것을 직접 경험한 아이였기에.

✾

촬영 준비가 모두 끝났다.

여럿이 합심해서 서둘러 움직인 탓에 아직 해가 지지 않은 상태였기에 촬영을 해도 무방했다.

"아람 양! 잠깐 얘기 좀 할까?"

"네! 감독님!"

유승열은 촬영 전에 광고 모델인 박아람에게 촬영을 어떤 식으로 할 건지에 대해 전달해 주었다.

이제까지 유승열과 함께 일을 했던 광고 모델들과는 달리 이번은 모델이 초등학생이란 점에 사실 촬영이 부담도 없지 않았다.

하지만 유승열에게 촬영에 대한 얘기를 들은 박아람이 또랑또랑한 태도로 대답ㅇㄷㅇㄴ했다.

"네! 잘 알겠어요!"

박아람이 똘똘한 것도 있었지만 석기가 준비해 온 성수가 아이의 뇌를 활성화시켜 준 덕분일 터. 그리고 뇌만이 아니라 아이의 잠재력까지 끌어 올려 주었을 테니 광고 촬영에 은근히 기대도 없지 않았다.

"자! 촬영 들어갑니다! 신호를 보내면 즉각 토끼를 옹달샘 부근으로 보내도록 합니다!"

"넵!"

옹달샘에서 토끼와 노는 아이의 모습이 이번 생수 광고의 콘셉트이다.

"레디! 액션!"

유승열의 숏 사인이 흘러나오자 귀엽게 청 멜빵바지를 걸친 박아람이 옹달샘으로 폴짝폴짝 움직였다. 이런 촬영이 처음임에도 전혀 어색하지 않은 아이의 움직임에 지켜보던 스태프들이 안도하는 기색들이다.

바로 그때였다.

스태프가 준비한 토끼를 촬영장에 풀어놓았다.

하얗고 귀엽게 생긴 토끼였다.

토끼가 옹달샘 근처에서 동요를 부르고 있던 박아람을 발견했지만 의외로 놀란 기색이 없이 오히려 아이가 있는 곳으로 깡충거리며 움직였다.

"세수하러 왔다가~!"

아이는 동요를 부르고, 토끼는 깡충거리며 옹달샘으로 다가들고…… 광고 콘셉트에서 원한 대로 그림이 너무 자연스러웠다.

블루문을 품었던 옹달샘이다. 사람들은 몰라도 토끼는 본능적으로 알고 있는 것이 분명했다.

"물만 먹고 가지요~!"

아이의 동요가 끝난 순간 토끼가 옹달샘에 머리를 디밀고 물을 마시는 장면을 보여 주었다.

타이밍이 기가 막혔다.

유승열은 숨을 숙이며 메인 카메라에 잡힌 장면을 확인하곤 떨리는 손을 힘차게 위로 뻗었다.

"오케이이이! 컷!"

박아람의 표정 연기도 좋았지만 토끼가 아이의 동요에 맞춰 자연스럽게 움직임을 보인 것이다.

이번 광고도 한 방에 끝났다.

❊

유토피아 생수 광고.

알지 핸드폰 광고와 똑같이 생수 광고도 사흘 안에 광고 제작이 끝났고, 오늘 유토피아 행사홀에서 광고 시사회를 갖게 되었다.

와아아아! 짝짝짝짝!

광고 시사회가 끝나자 알지 핸드폰 광고 시사회 때처럼 객석에 자리한 이들에게서 기립박수가 쏟아져 나왔다.

동심으로 돌아가게 만드는 유토피아 생수 광고! 자연 속에서 펼쳐진 훈훈한 광고 영상! 옹달샘을 배경으로 아이와 토끼로 사람들의 눈길을 사로잡다!

광고 시사회에 참석했던 기자 1의 호의적인 시사회 후기에 이어, 기자 2의 후기에서도 유토피아 생수 광고에 대한 칭찬이 자자했다.

광고 모델 경험이 전혀 없는 어린아이를 생수 모델로 내세웠지만 놀랄 정도로 뛰어난 역량을 과시했다! 맑고 순수한 광고 모델의 이미지가 유토피아 생수를 더욱 빛나게 만들어주었다!

기자 3의 후기도 찬양 일색이었다.

국민의 건강을 지켜 주는 유토피아 생수! 산속의 옹달샘을 배경으로 토끼와 뛰어 노는 아이의 광고 영상도 훌륭하지만, 여타 생수업체와는 달리 불우한 이웃을 돕고자 노력하는 유토피아 생수에 진심으로 박수를 보낸다!

✤

생수 광고가 매스컴에 떴다.
광고 시사회에 참석했던 기자들의 호의적인 시사회 후기가 진실이라는 것을 밝혀 주듯이 대중의 반응이 아주 뜨거웠다.

—유토피아 생수 광고 너무 좋다!
—머리가 맑아지는 광고다! 감사!
—나도 토끼랑 물 먹고 싶다!
—유토피아 건강 생수! 국민들의 건강을 책임지는 생수라는 것에 진심 감동 먹었음!
—광고 나왔으니 내일부터 유토피아 생수 출시하는 거 맞죠?
—아마 그럴 거라고 봅니다!

—생수 가격은 얼마나 하려나? 유토피아 제품들은 하나같이 고가인 걸 보면 생수도 장난은 아닐 듯싶지만…….

　—지인에게 들었는데 명품 갤로리아에서 내일부터 10만 원에 판매된다고 하네여~

　—화장품에 비해선 저렴하네ㅎ

　—유토피아 생수라니 기대 만빵!

　—생수 한 병이 10만 원! 미쳤군!

　—금가루를 뿌린 생수야 뭐야?ㅋ

　—유토피아 명품 생수니까 그 정도는 당연한 거 아닌감?

　—저소득층과 소외 계층 사람들에겐 1만 원으로 판매된다고 하니 착한 기업이라고 봄!

　—헐! 1만 원도 비싼 거 아님?

　—그럼 1만 원에 구입해서 5만 원에 팔면 개이득이겠네ㅎㅎ

　—그러다 걸리면 다시는 유토피아 생수 구매하지 못하게 된다는 말이 있던데여~ ㅋㅋ

　—그거야 몰래 팔면 되지 않나?

　—너 빼고 그런 사람 없을 듯~

　—ㅋㅋㅋㅋㅋㅋㅋㅋㅋ

　—생수 효능 생각하면 1만 원이면 거저 아닌가~ㅎ 생수 마시면 고질적인 질환 싹 낫게 해 준다져~

　—윗분 말이 실화면 진짜 대박!

　—뻥치지 마셈! 생수가 만병통치약이야 뭐야!

─인정! 생수 마신다고 병이 치료된다면 의사가 왜 필요해?

─생수 마셔 보고 그딴 소릴 하길!

─근데 아무리 생수 효과 좋아도 10만 원이나 주고 생수 사는 놈들 있을까여? 울 집은 부자라서 1만 원짜리 생수 구입 못할 테니 10만 원 주고 사야거든요~ 100만 원이면 사겠는데 10만 원이라니 이거 갈등 때리네여ㅠㅠ

─미친놈ㅋㅋㅋㅋㅋㅋㅋ

─너 빼고 다 살 테니 걱정 마!

─생수 살 빼는데 특효라고 함!

─부자는 아니지만 살 빠진다면 나도 생수 살 듯ㅋ

─내일 시내 나가실 분들! 갤로리아 백화점 피해서 운전할 것을 추천함! 부자 사모들 생수 사러 출동 각 예상됨!

─좋은 정보 감사!

유토피아 생수 광고에 대체적으로 호의적인 반응을 보였지만, 생수의 가격대가 알려지면서 일부 빈정대는 대중도 있었다. 하지만 유토피아에서 생산한 생수라는 것에 대중이 크게 관심을 보이긴 했다.

한편, 명성미디어 회장실.

며칠 전부터 회사로 출근을 한 오세라는 유토피아 생수 광고에 대중이 뜨거운 관심을 보이는 것에 질투가 났다.

'빌어먹을! 그놈은 재수도 좋아! 어째 그놈이 벌이는 사업들은 죄다 반응이 좋은 거냐고!'

오세라는 외조부 주현문의 지시로 더는 유토피아와의 마찰을 피하고자 영화 사업으로 눈을 돌리게 되었지만, 여전히 석기에 대한 앙금이 남아 있는 상태였기에 석기가 잘되는 꼴은 보기가 싫었다.

'근데 수향이 앤 뭐야? 살을 빼 주는 생수라고? 안 그래도 생수 광고 때문에 짜증 나는데 이런 거는 왜 올리고 지랄이야!'

오세라의 눈빛이 흔들렸다.

블로그에 올라온 재력가 자제인 안수향의 글 때문이다.

이번에 갤로리아에서 유토피아 생수를 구입했거든요. 반신반의하는 마음도 없지 않았지만……. 식사할 때 유토피아 생수를 곁들였더니 진짜로 살이 찌지 않더라고요. 그래서 요즘 너무 행복해요. 실컷 먹어도 생수만 마시면 살이 찌지 않으니 진짜 좋은 거 있죠. 오늘 저녁에 생수를 대량 구매해 놓아야겠어요.

오세라와 같은 피트니스를 다니고 있는 안수향은 먹는 것을 몹시 좋아했지만, 조금만 방심하면 금방 살이 붙어서 먹는 것을 매우 조심하곤 했다.

그랬는데 안수향이 요 며칠 동안 식단 조절을 포기라도 한 듯이 매일 블로그에 음식 먹는 사진을 자랑하듯이 올리더니, 급기야 이런 글까지 올린 것이다.

안수향 말대로 음식을 실컷 먹고도 정말 살이 찌지 않은 것이 사실인지, 그녀 몸매나 얼굴에 군살도 붙지 않았고 생기마저 넘쳐흘러 보기에도 아주 행복해 보였다.

'흥! 그게 사실일 리 없어!'

오세라가 실내의 거울로 다가섰다.

자신의 몸매를 살피듯 이리저리 훑어보았다.

그녀는 강남 최고급 피트니스 센터와 필라테스, 거기에 식단 관리까지 철저하게 행한 덕분에 항상 늘씬한 몸매를 유지할 수 있었다.

'하지만 정말 살이 찌지 않는다면……'

실은 오세라는 고기를 좋아했지만 그동안 살이 찔까 칼로리가 적은 야채로 식단 관리를 해 온 상태였다.

그랬는데 안수향이 블로그에 자랑하듯이 올린 글을 보자 갑자기 그동안 몸매 관리를 위해 열심히 노력해 온 일이 허탈해졌다.

'몰래 유토피아 생수를 사서 이용해 봐?'

하지만 오세라는 이내 고개를 젓고 말았다.

생수를 사는 것은 씹어 먹어도 시원찮은 유토피아 대표 석기의 사업을 도와주는 일이었기에 말이다.

차라리 운동과 식단 관리를 병행해서 살을 빼면 뺐지, 절대 유토피아에서 생산한 생수를 이용하지 않으리라 다짐했다.

'좋아! 두고 봐! 이번 영화 사업에 크게 성공해서 그놈의 콧대를 눌러 주고 말 테다!'

괜히 석기를 떠올리자 화가 났기에 어딘가 울분을 풀지 않고는 도저히 견딜 수가 없었다.

그러던 찰나.

'가만? 영화감독과 만나기로 했던 시간이 지났잖아?'

오세라가 영화 사업을 시작하게 되면서 추천받은 유명우 영화감독을 추천받았고, 오늘 회장실에서 그와 면담의 시간을 갖기로 했다.

그랬는데 유명우와 면담을 약속했던 시간에서 5분이 넘어가고 있는 상황이었다.

고작 5분에 불과한 시간이긴 했지만 그녀 상식으론 도저히 용납이 안 되는 일이었다.

'감히 시간을 어겨?'

아무리 유명우 감독이 충무로에서 유명세를 날리는 영화 감독이라고 할지라도, 그녀는 국내에서 손가락에 꼽히던 현금 부자 명성금융을 등에 업고 있는 상태였다.

"도 실장 당장 들어오라고 해!"

오세라는 분풀이를 할 대상을 찾았다는 기색으로 씩씩거리며 인터폰을 눌러 비서실에 지시를 내렸다.

대국민 사과문 발표.

그것에 도혁수의 입김이 강하게 작용했다는 것을 알고는 오세라는 속에 앙심을 품고 있었다.

하지만 외조부 주현문이 영화 사업을 도혁수와 함께할 것을 지시한 탓에 명을 어길 수 없어 도혁수를 다시 받아들이게 되었다.

게다가 외조부를 어떻게 구워삶은 건지는 몰라도 영화 사업에 도혁수의 의견이 중요하게 작용한 것이다. 그녀가 보기에 아무리 괜찮은 작품이라도 도혁수가 반대하면 다른 작품으로 영화를 찍어야만 했다.

그건 영화감독을 정하는 문제도 마찬가지로 적용되었다.

유명우를 영화감독으로 정한 것도 바로 도혁수의 의견이었고, 오세라는 그걸 따라야만 했다.

그랬는데.

도혁수가 추천한 영화감독 유명우가 그녀와의 면담 시간을 어기게 되자 더는 참을 수가 없었다.

"부르셨다고 들었습니다."

"오늘 유명우 영화감독이 찾아오기로 한 거 아닌가요? 그런데 약속 시간이 되었는데도 코빼기도 비추지 않고 있네요. 이걸 도대체 어떻게 해석해야 하는 거죠?"

오세라의 몰아치는 분위기에 도혁수는 침착하게 응했다.

"뭔가 잘못 알고 계시는군요. 유명우 영화감독과의 면담은 오늘이 아니라 내일로 알고 있습니다. 어제 제가 유명우 감독님 면담이 변경될 것이라 보고드렸는데 기억나지 않으시나 보군요."

"하아!"

오세라 표정이 확 일그러졌다.

어제 피트니스에서 무리해서 운동을 하는 바람에 너무 피곤해서 집에 돌아오자 뻗어 버렸다.

그러다 도혁수의 전화가 오자 잠결에 대충 알았다고 하고는 끊어 버렸는데……. 그것이 바로 유명우 영화감독에 관한 내용이었던 것임을 이제야 깨닫게 된 것이다.

"그, 그래도 그렇지! 유명우 감독은 시간도 없는데 왜 면담 약속을 변경하고 그래요! 빨리 영화를 찍으려면 이것저것 준비할 것도 많을 텐데 말이죠!"

오세라는 잘못을 시인하고 싶지 않았기에 오히려 공격적으로 나왔다. 그런 오세라 태도에 도혁수는 이미 그녀의 성격을 훤히 알고 있기에 전혀 실망한 기색 없이 차분하게 응대했다.

"그렇담 오늘 저녁에 유명우 감독을 만나 보는 것은 어떻겠습니까?"

"오늘 저녁에요?"

"유명우 감독이 청담동에서 영화를 함께하기로 한 양재인 작가와 만나기로 한 모양인데, 그곳에 회장님께서도 참석하시죠."

"하! 그러니까 나보고 직접 유명우 감독을 만나러 청담동까지 움직이란 건가요?"

"마음이 급하신 모양이니 내일까지 굳이 유명우 감독의 면담을 기다릴 필요가 없을 듯싶어서요. 그리고 그곳에 양재인 작가도 나온다니 말이죠. 실력 있는 작가이니 앞으로 영화 사업을 위해 이번 기회에 안면을 트는 것도 괜찮겠다고 생각해서 드리는 말입니다."

"그렇다면 알았어요."

오세라는 명성미디어 회장인 자신이 영화감독을 직접 만나러 움직이는 것이 내키지 않았지만, 이미 광고로 한번 말아먹은 전적이 있는지라 이번 영화 사업은 반드시 성공해야만 했기에 도혁수의 말을 따르기로 했다.

❀

청담동 술집.

큰 도로에서 약간 뒷골목에 위치한 술집이었는데 그곳의 주요 메뉴는 빈대떡과 막걸리였다.

도혁수와 함께 술집에 들어선 오세라는 허름한 가게 인테

리어에 절로 인상이 찌푸려졌다.

그녀가 주로 찾던 고급스러운 술집과는 분위기가 달라도 너무 달랐던 탓이다.

지저분한 데다가 빈대떡을 부치면서 환기도 제대로 안 하는 듯 실내에 기름 냄새가 진동을 했다.

'대체 이런 곳에서 어떻게 술을 마신다는 거지?'

도혁수는 찌푸린 오세라의 표정에도 아랑곳하지 않고 안쪽 탁자에서 빈대떡을 안주 삼아 막걸리를 마시고 있던 사내들에게로 이끌었다.

두 명의 사내.

하나는 감독이고 하나는 작가.

오세라는 이곳까지 오면서 도혁수에게 대충 감독과 작가에 대한 얘기를 들었고, 두 사람이 대학 동기라는 것도 알게 되었다.

"안녕하십니까? 도혁수입니다! 이쪽은 명성미디어 회장님이십니다!"

"오세라예요!"

"유명우입니다."

"양재인입니다."

유명우 감독과 양재인 작가는 도혁수가 사전에 이들에게 연락했던 탓에 오세라의 합석을 수긍했지만 표정은 굳어 있었다.

가게의 분위기에 어울리지 않게 오세라의 럭셔리한 차림새도 문제였지만, 인성 쓰레기로 소문난 오세라가 술자리에 합석한 것이 불편했던 탓이다.

그러다 술기운이 오른 탓인지, 얌전해 보였던 양재인 작가가 오세라를 향해 뼈 있는 발언을 해 버렸다.

"명품 가방을 불태우는 데 300억을 쓰신 분이니 영화에는 더 큰 돈을 지원해 주실 수 있는 거죠?"

'싸가지 없는 놈!'

오세라는 속으로 이를 갈면서 술기운이 완연한 양재인 작가의 얼굴을 싸늘히 노려봤다.

상대가 술에 취하긴 했지만 천지분간을 못할 정도로 취한 것이 아님은 알고 있다.

그녀를 향한 양재인 작가의 눈빛. 얌전해 보이는 외양과는 달리 눈빛에는 비웃음이 담겨 있다.

'버러지 같은 놈이 감히 나를 능멸하다니!'

사실 명성미디어에서 만든 알지 핸드폰 광고가 폐기 처분된 이유는 바로 수백억에 해당하는 명품 가방을 불태운 신이 들어간 것 때문이었다.

그런데 감히 오세라 앞에서 그걸 언급하면서 투자를 운운하는 것은 그녀를 자극하려는 의도일 터.

술집에 들어선 순간 눈치챘다.

도혁수와 함께 이곳에 등장한 오세라를 향한 유명우 감독과 양재인 작가의 표정.

명성미디어에서 대주는 돈으로 영화를 찍기로 하였음에도, 오세라는 두 사람의 분위기가 호의적이지 않음을 감지했다.

그러다 유명우 감독보다 술이 약한 양재인 작가가 속내를 숨기지 못하고 이리 나온 것일 터.

"유명우 감독님의 추천으로 작가님 작품을 콘택트하긴 했지만, 영화 제작에 함께하려면 선은 넘지 않는 것이 좋을 거예요! 저도 지금 아주 많이 참고 있거든요!"

오세라의 이를 가는 목소리가 음산하게 흘러나왔다.

유명우 감독에 비해서 인지도가 크게 떨어지는 양재인 작가였다.

영화에 합류시켜 준 것만도 감지덕지해야 할 놈이, 감히 기어오르고 있다는 것에 찢어 죽여도 시원찮았다.

본래 성질대로 한다면 어디서 거지 같은 놈이 지랄이냐며 막말을 쏟아 냈겠지만, 도혁수를 따라 여기까지 온 상황이니 일단 꾹 참았다.

"이익!"

그러나 선을 넘지 말라는 오세라의 발언도 그렇고, 노골적으로 양재인 작가를 무시하는 그녀의 눈빛을 당사자가 모를까.

꽈악!

양재인의 주먹에 힘이 들어갔다.

그도 자신의 작품으로 영화를 찍게 된 것이 유명우 감독의 입김 때문임을 잘 알고 있다.

그랬기에 자격지심에 오세라가 술자리에 나온 것에 일부러 그녀를 자극하듯이 나온 것도 있었다.

"오세라 회장님께선 제 작품으로 영화를 찍는 것이 달갑지 않으신 모양이군요. 작가 입장에서는 얼마든지 물어볼 수 있는 질문인데도 죽이려는 눈빛으로 달려드니 말입니다. 그렇게 제가 마음에 들지 않는다면 굳이 제 시나리오로 영화를 찍지 않아도 되니까, 지금이라도 다른 작가를 알아보세요. 그게 서로를 위해서 좋은 일 같네요."

오세라의 말에 비위가 크게 상한 양재인 작가가 할 말이 끝나자 자리에서 벌떡 일어섰다.

"양 작가!"

그러자 상황이 껄끄럽게 변한 것에 유명우 감독은 굳어진 표정으로 양재인 작가를 쳐다봤다.

양재인을 영화에 끌어들인 것.

그건 유명우 감독이 한 일이다.

이번에 쓴 양재인의 시나리오에 필이 꽂힌 탓이다.

영화로 꼭 만들고 싶어 양재인을 합류시킨 것인데 명성미디어 회장과 첫 만남부터 꼬여 버렸다.

만일 양재인이 시나리오를 주지 않겠다면 유명우 감독도 영화를 찍는 문제를 달리 생각해야 할 상황이다.

"······!"

반면, 오세라를 이곳으로 데려온 도혁수는 돌아가는 상황을 관망하듯이 잠자코 지켜볼 뿐이었다.

하지만 오세라는 달랐다.

먼저 그녀를 자극한 것도 그렇지만, 방금 꺼낸 말 역시 건방지기 짝이 없다고 생각했기에 그녀는 양재인과 함께 일할 마음이 사라졌다.

"도 실장님, 그만 일어나시죠! 작가님이 우리와 영화를 찍는 것이 싫은 모양인데, 억지로 붙들 필요는 없잖아요."

말을 마친 오세라는 양재인에게 시위하듯이 앉았던 자리에서 벌떡 일어났다.

양재인 레벨 정도의 작가는 마음만 먹으면 얼마든지 구할 수 있다고 생각했기에.

하지만 도혁수는 오세라의 말에 따를 기색이 없는지 담담한 태도로 손짓으로 의자를 가리키며 말했다.

"그만 앉으시죠."

"하아! 이런 상황에서 나보고 여기에 계속 있으라고요?"

"영화를 찍을 생각이시라면 의자에 앉으시는 것이 좋을 겁니다."

"뭐, 뭐라고요?"

"아니면 그냥 가셔도 됩니다."

오세라는 자신의 편을 들지 않고 자리에 앉으라는 도혁수의 뻣뻣한 태도에 얼굴이 붉게 변해 버렸다.

마음 같아선 당장 이 지저분한 곳을 떠나고 싶었지만, 취임 후 두 번째로 진행하는 프로젝트인 영화 사업까지 망하게 둘 수 없었기에 떠날 수가 없었다.

그렇다고 먼저 자리에 앉기는 자존심이 상했기에 그녀는 서있는 양재인 작가를 노려보듯이 쳐다봤다.

그러자 오세라의 그런 태도에 유명우 감독이 분위기를 중재하려는 듯 양재인 작가를 쳐다봤다.

"자네도 그만하고 앉게."

유명우 감독은 양재인이 왜 이리 오세라 앞에서 예민하게 굴고 있는지 안다.

존재감을 과시하려는 이유일 터.

유명우에게 업혀 가는 것이 아니란 것을 어필하고 싶었을 것이다.

"젠장!"

속내를 훤히 꿰뚫어 보고 있는 듯이 보이는 유명우 감독의 시선에, 양재인 작가도 할 수 없이 볼멘 표정으로 자리에 앉았다.

털썩!

그렇게 양재인을 먼저 자리에 앉도록 만든 유명우 감독이 이번엔 오세라를 쳐다봤다.

"회장님도 그만 앉으세요. 양 작가를 빼 버릴 의도라면 저도 영화를 찍지 않을 생각이니까요.”

유명우 감독이 오세라를 향해 협박하듯이 나왔다.

‘버러지 같은 것들이 건방지게……! 감히 누구에게 협박질이야!’

오세라는 양재인 작가도 마음에 들지 않는데 유명우 감독까지 이리 나오자 기분이 정말 엿 같았다.

하지만 유명우 감독은 도혁수가 택한 인물이다.

만일 유명우 감독이 정말 영화를 찍지 않겠다고 나온다면 오세라를 도와주기로 했던 도혁수는 영화 사업에 냉정하게 손을 뗄 것이 분명했다.

털썩!

결국 오세라도 의자에 앉았다.

유명우를 만나고자 이곳에 온 것이 후회막급이었다.

‘영화 망하기만 해 봐! 네놈들을 바닷물 속에 처박아 버릴 테니까!’

오세라는 속으로 이를 갈았다.

이제는 아군도 적처럼 느껴졌다.

그녀의 영화 사업에 함께할 이들이건만, 초장부터 삐걱대고 있는 것이 영 마음에 들지 않았다.

“술은 적당히 마신 듯싶으니 자리를 옮기는 것이 어떨까요?”

도혁수가 중재하듯이 나섰다.

구두상으로 언급한 계약은 소용이 없다는 것.

해서 더는 이런 일이 벌어지지 않도록 정식으로 계약서를 작성할 의도였다.

유명우 감독, 양재인 작가, 거기에 오세라 회장까지.

다들 성격이 한가락씩 하는 이들이기에 단단히 족쇄를 채울 필요가 있었다.

�֎

유토피아 대표실.

"어제 유명우 영화감독과 양재인 작가가 명성미디어와 계약했다고 합니다."

연예계 마당발로 통하던 채현우 사장이다.

명성미디어의 오세라 대표가 두 번째 프로젝트로 영화에 손을 대기로 한 것을 알고 있던 석기가 채현우 말에 관심을 보였다.

"유명우 감독을 잡았다니. 영화 사업은 성공할 확률이 높겠네요."

"천만 관객으로 이름난 영화감독이니 영화를 잘 찍기는 할 겁니다만……. 한데 듣자 하니 그쪽 분위기가 썩 좋은 상황은 아닌 듯싶더라고요."

"그게 무슨 말이죠?"

"어제 저녁에 청담동 술집에서 오세라 회장이 유명우 감독과 양재인 작가를 만난 모양인데, 분위기가 장난이 아니었나 봅니다."

"기 싸움을 했나 보죠."

오세라 성격을 익히 알고 있던 석기의 말에 채현우가 씨익 웃으며 대화를 이어 나갔다.

"사실 유명우 감독을 택한 사람이 오세라 회장이 아니라 바로 도혁수 실장이라고 하더군요. 그런 상황에서 유명우 감독의 추천으로 양재인 작가의 작품으로 영화를 찍게 된 거고요. 그런 모든 것들이 오세라 회장 입장에선 결코 마음에 들지 않았을 겁니다."

"오세라 회장 성격상 고분고분 따르지 않았을 텐데, 그런 상황을 참는 것이 이해되지 않네요."

"명성금융 주현문 총수가 도혁수 실장에게 힘을 실어 주었기 때문일 겁니다. 그래서 감독과 작가 콘택트 모두 도혁수 실장 뜻대로 정해진 거고요. 거기에 배우들 섭외에도 오세라 회장보다 도혁수의 말발이 더 크게 작용할 거라고 하더군요. 도혁수 실장, 책임감 때문이라도 영화를 성공시키기 위해선 물불 가리지 않을 모양입니다."

채현우 말에 석기의 눈빛이 반짝였다.

"채 사장님! 혹시 명성에서 찍으려는 영화 시나리오가 어떤 내용인지 알고 있나요?"

"시나리오를 읽어 보진 못했지만 유명우 감독이 아역 배우를 열심히 물색 중이라는 걸로 봐서는 아마 영화에서 아이가 차지하는 비중이 꽤 크지 않을까 싶습니다."

"유명우 감독이 아역 배우를 물색하고 있다고요?"

"여러 기획사에 쓸 만한 아역 배우가 있나 알아보고 있나 봅니다. 아마 원하는 아역 배우를 찾지 못할 경우 유명우 감독의 성격상 어쩌면 공개 오디션을 통해 아역 배우를 뽑고자 할 수도 있을 겁니다."

석기는 채현우 말을 듣자 불현듯 유토피아 생수 광고 모델을 했던 박아람이 떠올랐다.

스타가 될 만한 자질을 타고났다는 듯이 청명한 아우라가 가득한 아이였다.

"그쪽에서 원하는 아역 배우 조건이 있을 텐데요."

"열 살 전후의 여자아이 아역 배우를 원하고 있다고 하더군요."

"그럼 우리 아람 양이 딱 적격이긴 하겠네요."

석기의 말에 채현우가 긍정의 의미로 얼른 웃는 얼굴로 고개를 끄덕였다.

"맞습니다. 아람 양이 연기는 해 본 적이 없지만 생수 광고에서 보여 준 재능을 생각하면 충분히 영화에 나와도 괜찮을 듯싶습니다."

"그런데 명성에서 제작하는 영화라는 게 마음에 걸리네요."

"만일 유명우 감독이 아람 양을 원한다면 대표님은 어쩌실 거죠?"

채현우 질문에 석기도 당장 뭐라고 답을 내리긴 어려웠다.

"그건 생각을 좀 해 봐야겠죠. 아람 양의 미래를 생각하면 유명우 감독의 영화에 출연하는 것이 좋겠지만, 우리 유토피 아에 해를 가하려던 명성이 잘되는 꼴은 보기 싫으니 말이죠."

"그건 저도 그렇습니다. 명성에서 찍은 영화가 대박을 터 트리게 된다면 기분이 좋지 않을 겁니다."

"그렇다면 차라리 영화에 아람 양을 출연시킬 생각이라면 명성이 아닌 다른 곳에서 제작하는 영화를 알아보는 것도 좋 겠군요."

"그도 그렇습니다."

채현우가 대표실에서 나갔다.

석기는 채현우 앞에선 내색은 안 했지만 주현문 총수가 도 혁수에게 과하게 힘을 실어 준 것이 아무리 생각해도 의심스 럽게 느껴졌다.

게다가 한동안 잠잠했던 도혁수가 부리는 하수인들이 다 시 석기의 뒤를 밟기 시작했다.

'주현문 총수. 분명 도혁수에게 힘을 실어 준 이유가 있을 거야.'

알지 핸드폰 광고 촬영 장소로 정한 양평 스키장에서 도혁 수를 만난 일이 있었다.

그때 당시 도혁수의 속마음을 통해 그가 생수를 의심하고 있다는 것을 알게 되었다.

─주현문 총수가 어떤 흉계를 꾸미고 있는지는 몰라도 블루문은 이미 마스터의 몸에 흡수된 상태입니다. 그러니 누구에게도 빼앗길 염려는 없을 겁니다.

'만일 내가 죽게 된다면 흡수한 블루문은 어떻게 되는 거지?'

─이곳 인간 세상에선 블루문을 받아들일 존재로 마스터가 적임자입니다. 설령 자연의 흐름을 따라 마스터의 수명이 다한다고 해도 마스터를 능가하는 적임자를 찾아내는 것은 어려울 겁니다.

'그래도 상대가 무슨 수를 써서라도 나를 죽이려고 나온다면 나도 죽을 수밖에 없지 않을까.'

과거에 석기의 부모는 앞뒤로 달려드는 덤프트럭에 차가 박살이 나서 즉사하고 말았다.

그때 당시 그 일을 사주했던 정부의 수뇌부는 이제 세상을 떴지만, 주현문 총수가 블루문의 가치를 알게 된다면 필시 석기를 죽이고자 나올 것이다.

─블루문을 취한 덕분에 마스터의 몸은 최상급 경지의 신체 강화가 이루어진 상태입니다. 미사일을 퍼붓는 공격이라면 모를까, 덤프트럭 정도로는 마스터의 털끝 하나 건들지 못할 테니 안심하십시오.

블루 말에 석기가 빙그레 웃었다.

설명을 들을수록 불사신이 따로 없었다.

기자들 내기를 하다

유명우 영화감독.

천만 관객 영화를 세 작품이나 찍었다.

그것도 연달아서.

그 덕분에 충무로에서 가장 핫한 영화감독으로 정평이 나게 되면서, 그와 영화 사업을 하고자 여러 제작사에서 콜을 보낸 상태였다.

하지만 유명우가 택한 곳은 명성미디어였다.

국내에서 현금 부자로 통하던 명성금융을 등에 업고 있는 명성미디어였기에 영화를 찍을 때 돈은 걱정하지 않아도 되긴 했지만, 사실 유명우가 그곳을 택한 이유는 돈이 아니라 도혁수 때문이었다.

유명우 감독이 뜨기 전까지는 반지하 원룸에서 살 정도로 돈이 궁했기에 영화를 찍기 위해서 결국 사채에 손대야만 했다.

하지만 어렵게 찍은 영화가 폭삭 망하는 바람에 유명우는 사채업자에게 빌린 돈을 갚지 못하게 되자 장기를 내줘야 하는 상황에 처하게 되었는데, 운 좋게 유명우의 재능을 간파한 도혁수에게 도움을 받을 수 있었다.

그 후로 기사회생한 유명우는 찍는 영화마다 대박을 터트리면서 도혁수에게 빌린 돈도 모두 갚았지만, 그때의 일만큼은 잊지 않고 마음속에 간직하고 있었다.

그러다 영화를 찍을 감독이 필요하다는 도혁수의 요청에 유명우는 명성미디어 회장 오세라에 대한 세간의 안 좋은 평판에도 불구하고 기꺼이 도혁수의 청을 받아들였다.

"명성미디어에서 영화를 찍는 대신 감독님께 두 가지 특혜를 드리도록 주죠. 첫 번째 특혜로 오세라 회장님으로 비롯되는 문제를 제 선에서 확실하게 막아 드리도록 하겠습니다. 그리고 두 번째는……."

도혁수는 흔쾌히 자신의 청을 수용한 유명우 감독에게 명성미디어와 손잡은 대가로 두 가지 특혜를 베풀게 되었다.

영화에 필요한 인물 선택권.

그것이 두 번째 특혜였다.

그 덕분에 유명우 감독은 충무로에서 인지도가 떨어지는

양재인 작가를 영화에 합류시킬 수 있었다.

양재인 작가와 성격이 잘 맞는 점도 있었지만, 이번에 쓴 양재인의 시나리오가 유명우의 마음을 사로잡은 탓이다.

물론 중간에 명성미디어 회장 오세라와의 만남에서 해프닝이 있기는 했지만, 약속했던 대로 도혁수가 중간에서 역할을 잘해 주어 양재인과의 계약도 무사히 끝났다.

그렇게 양재인 작가의 작품으로 영화를 찍기로 결정된 상황. 이제 배우들과의 콘택트 문제가 남았는데, 예기치 못했던 걸림돌이 생겼다.

바로 아역 배우.

영화에서 남자 주인공 못지않게 상당히 비중을 차지하는 역할이었기에 반드시 배역에 어울리는 아이가 필요했다.

남자 주인공은 이미 결정된 상황이기에 이제 아역 배우만 결정한 다음 곧바로 일정대로 움직이면 되었다.

하지만 그동안 여러 연예기획사에서 추천하는 아역 배우들을 만나 보았음에도 유명우 감독의 마음에 드는 배우는 없었다.

"감독님! 이러면 공개 오디션으로 가는 수밖에 없겠습니다."

"아무래도 그래야겠죠."

"그럼 오늘부터 아역 배우 공개 오디션 공고를 내도록 하겠습니다."

"잠깐만 기다려요."

제작사 실장과 얘기를 나누던 유명우 감독이 황급히 손을 저었다. 그런 그의 눈이 사무실에 틀어 놓은 TV에 향했다.

유토피아 생수 광고.

열 살 전후로 보이는 귀엽게 생긴 여자아이가 토끼와 놀고 있는 장면을 본 순간, 유명우 감독은 갑자기 망치로 머리를 세차게 얻어맞는 충격을 받았다.

'찾았다!'

해맑게 웃고 있는 아이.

사실 유명우가 찍을 영화에 등장하는 아역 배우는 밝은 표정보다는 어두운 표정이 많이 조명될 터.

그럼에도 순간순간 반전의 매력으로 아이가 보여 주는 천사처럼 밝은 표정은 영화의 묘미를 살리는 포인트가 될 수 있었다.

"왜 그러시죠, 감독님?"

"……하아!"

이제까지는 시나리오에 등장하는 아이의 전반적인 이미지만 생각해서 어두운 표정이 잘 어울리는 아이를 주로 물색했다.

당연히 여러 연예기획사에서도 유명우가 원하는 조건에 맞춰 어울리는 아이들을 추천해 주었다. 하지만 그렇게 추천받은 아역 배우들은 하나같이 유명우의 마음을 사로잡지 못했다.

필을 중시하는 유명우 감독은 뭔가 2% 부족하다고 느낀 탓이다.

그런데 방금 생수 광고를 본 유명우는 그동안 자신이 무엇 때문에 그런 느낌을 갖게 되었던 건지 비로소 깨닫게 되었다.

'어둠과 밝음은 바로 동전의 양면처럼 떨어질 수 없는 한 몸이건만.'

한편으론 유토피아 생수 광고는 유명우 감독이 놓쳤던 부분을 일깨워 준 셈이었다.

"감독님! 괜찮으세요?"

제작사 실장은 걱정되는 표정으로 TV에 못이 박힌 유명우를 쳐다봤다. 갑자기 뭐에 홀린 사람처럼 표정이 잔뜩 굳어져 있으니 말이다.

"방금 나온 광고…….'

"네? 아하! 방금 나온 광고라면…… 생수 광고 말인가요?"

"그 광고에 나온…… 아, 아닙니다."

"네? 아무튼 그럼 저는 나가서 아역 배우 공개 오디션 공고를 올리도록 하겠습니다."

"아닙니다! 그건 잠깐 보류하죠."

"보류를요? 무슨 이유라도?"

"만나 볼 아이가 있어서요."

"알겠습니다. 그럼 쉬십시오."

제작사 실장은 갑작스레 변덕을 부리는 유명우 감독의 태도에 고개를 갸우뚱거리다가 밖으로 사라졌다.

혼자 실내에 남은 유명우 감독.

얼른 핸드폰을 꺼내어 유토피아 생수 광고를 검색했다.

관련어에 아이 이름이 떴다.

유토피아 소속 아역 배우로 프로필로는 이번에 생수 광고를 찍은 것이 전부였다.

'이름은 박아람. 나이는 열 살.'

유명우는 핸드폰에 나온 아이 얼굴을 빤히 들여다봤다.

오밀조밀 예쁘장한 외모.

과연 아이의 연기력은 어떨지 몰라도 이상하게 유명우는 박아람에게 필이 팍 꽂혔다.

한번 필이 꽂힌 경우 좀처럼 양보를 모르는 유명우 감독의 성격이었다.

하지만 문제가 있었다.

'하필 유토피아 소속이라니.'

충무로에 파다하게 퍼진 소문.

명성미디어에서 유토피아에 해를 가하려 들었다가 물을 먹은 일이 한두 번이 아니었다는 사실.

그랬기에 서로 적대 관계라 볼 수 있었다.

'만일 유토피아에서 명성미디어에서 찍을 영화라는 것을 안다면 분명 거절하려 들겠지.'

또한 반대로 명성미디어 회장인 오세라도 유토피아 소속 아역 배우를 영화에 합류하는 문제를 결코 좋게 생각하지 않을 것이다. 아무리 도혁수가 중간에서 나서 준다고 해도 이 문제만큼은 해결이 쉽지 않을 거라고 생각했다.

'그렇다고 영화에 어울리는 아이를 놓칠 수는 없다.'

유명우 감독은 일단 부딪쳐 보기로 했다.

박아람에게 필이 꽂힌 이상, 이제 다른 아역 배우는 눈에 들어오지 않았다.

'아무래도 전화를 거는 것보다는 직접 찾아가서 유토피아 대표 얼굴을 보고 단판을 짓는 것이 좋겠다.'

유명우 감독은 밖으로 나왔다.

유토피아 대표의 허락만 떨어지면, 도혁수의 힘을 빌려서라도 반드시 오세라 회장을 설득할 생각이었다.

부르릉!

차를 몰고 유토피아로 향했다.

한번 필이 꽂히면 불도저처럼 밀어붙이는 유명우 감독의 성격대로, 마음에 드는 아역 배우를 발견한 지금 앞뒤를 가릴 여유는 보이지 않았다.

유토피아 대표실.

유명우 감독이 석기를 찾아왔다.

그가 명성미디어와 계약한 영화감독이라는 것을 알고 있기에 썩 반가운 마음은 들지 않았다.

하지만 유명우 감독이 이곳을 찾아온 것은 박아람에게 관심을 갖고 있다는 의미일 터였다.

"유명우입니다! 죄송합니다! 약속도 잡지 않고 갑자기 방문하는 게 실례인 줄은 알지만, 대표님을 만나 뵙고 드릴 말씀이 있어서 이렇게 찾아뵙게 되었습니다!"

유명우 감독은 석기에게 최대한 예를 갖춰 사과하고는, 지갑에서 꺼낸 명함을 공손한 태도로 건넸다. 유토피아 대표인 석기의 비위를 건드리지 않고자 노력하는 유명우의 모습에, 석기도 유토피아 대표 직함이 인쇄된 명함을 상대에게 내밀며 인사를 나눴다.

"신석기입니다! 무슨 일로 오신 건지는 몰라도 소파에 앉아서 얘기를 나누도록 하죠."

석기는 찾아온 손님을 홀대할 수 없었기에 일단 유명우 감독을 소파로 안내했다.

[박아람 아역 배우를 명성에서 찍을 영화에 출연시키고 싶다고 하면 당장 여기서 나가라고 할지도 모르겠군.]

소파에 앉은 유명우 감독의 불안한 속마음이 석기의 귀에 들렸다. 석기가 짐작했던 대로 유명우가 이곳을 찾아온 것은 역시 박아람이 목적임을 알 수 있었다.

석기는 사실 채현우와 이 문제로 얘기를 나누긴 했지만 명성미디어가 관련된 영화에 박아람을 출연시킬 마음은 없었다.

유명우 감독에게서 흘러나오는 눈부신 아우라를 생각하면 아까운 면은 있지만, 굳이 명성미디어에 이익이 되는 사업에 숟가락을 얹을 필요가 있을까 싶은 탓이다.

"차는 뭐가 좋을까요?"

"아무거나 괜찮습니다."

"그럼 허브 차로 하죠."

석기는 대표실 안에 구비된 탕비실에서 허브 차를 두 잔 준비해서 유명우 감독이 기다리고 있는 소파로 나왔다.

성수가 들어간 허브 차.

충무로에서 인지도 높은 유명우 감독이 이곳까지 찾아온 성의를 생각해서 성수가 들어간 차를 대접하기로 했다.

"허어! 차 맛이……."

그러자 차를 한 모금 맛본 유명우 감독의 눈이 동그래졌다.

석기는 그런 유명우를 바라보며 조용히 웃을 뿐이었다.

성수가 들어간 차를 맛본 이들의 반응은 하나같이 똑같았다. 차를 마신 순간 천국을 경험하게 해 줄 테니 말이다. 차 맛도 뛰어나지만 누적된 피로를 한 방에 가시게 만들어 주어

몸이 깃털처럼 가볍게 느껴질 테니 말이다.

"그럼 본론으로 들어가죠. 무슨 일로 저를 만나러 오신 건지요."

유명우 감독의 속마음을 통해 석기를 찾아온 속셈을 알고 있지만 예의상 꺼내 본 말이었다.

"돌려 말하지 않겠습니다! 유토피아가 명성미디어와 사이가 좋지 않다는 것은 잘 알고 있지만, 유토피아 소속 아역 배우인 박아람 어린이를 제 영화에 출연시키고 싶어서 이렇게 대표님을 찾아뵙게 되었습니다."

석기를 향한 유명우 감독의 눈빛에는 그가 찍을 영화에 박아람을 아역 배우로 출연시키고 싶다는 간절함이 느껴졌다.

하지만 석기는 이내 고개를 저어 댔다.

"유 감독님께서 저희 아람 양을 좋게 봐주신 점은 감사하게 생각합니다. 하지만 유 감독님 제안은 거절하겠습니다. 거절에 대한 이유는 유 감독님께서도 잘 알고 계실 거라 생각해서 생략하겠습니다."

"명성미디어에서 찍는 영화라서 그런 건가요?"

"맞습니다."

"재고의 여지가 없는 건가요?"

"그렇습니다."

"사업을 하다 보면 오늘의 적이 내일의 아군이 될 수도 있다는 말도 있지 않습니까?"

"아무리 사업에 이익이 중요하다 해도 아군이 될 수 없는 곳도 있답니다. 또한 아람 양의 첫 스타트가 될 수 있는 영화를 굳이 명성에서 찍는 영화로 시작할 이유가 없기도 하고요. 참고로 유 감독님께는 아무런 반감이 없습니다. 그저 지금은 서로 인연이 아니란 것이죠. 그럼 더는 들을 얘기가 없을 듯싶으니 그만 돌아가 주셨음 합니다."

석기의 단호한 태도에 유명우 감독은 더는 그를 설득하지 못하고 자리에서 일어나는 수밖에 없었다.

복도로 나온 유명우의 표정이 매우 어두웠다.

도혁수에게 과거에 입은 은혜를 갚고자 명성미디어와 손잡은 것이 그의 발목을 잡은 것이다.

그렇다고 박아람을 영화에 출연시키고자 명성미디어와의 계약을 파기할 수도 없었다.

'이렇게 되면 공개 오디션을 통해 아역 배우는 선정하는 수밖에.'

유명우 감독이 복도에서 한숨을 푹푹 내쉬며 유토피아를 떠나는 모습을 보며 석기도 기분이 썩 좋지만은 않았다.

하지만 명성미디어에 조금이라도 도움이 되는 것은 사양이었다. 그리고 오세라 역시 유토피아 소속 아역 배우인 박아람을 절대 받아들이지 않을 터였다.

'잘 내린 결정이다.'

명성미디어 회장실.

유명우 감독이 오세라를 만나고자 찾아왔다.

그는 유토피아 대표 석기에게 거절당했지만 한번 필이 꽂힌지라 박아람이 쉽게 포기가 안 되었기에 결국 오세라를 찾는 수밖에 없었다.

도혁수는 이번 영화 사업에 전폭적으로 밀어줄 의도로 유명우 감독에게 배역 선택권을 주었다.

하지만 그럼에도 불구하고 유토피아 소속 아역 배우인 박아람을 영화에 합류시키지 못하게 된 상황.

그로서는 이제 방법이 하나뿐이라고 생각했다.

명성미디어 회장 오세라.

유토피아를 적으로 생각하는 그녀를 설득하여 박아람을 영화에 캐스팅할 작정이었다.

만일 오세라가 박아람의 캐스팅에 힘을 실어 준다면, 단호하게 거절했던 유토피아 대표 석기의 마음도 달라질 것이라 여겼기에.

"회장님께 도움을 청하고자 왔습니다. 영화에 박아람 아역 배우가 꼭 필요합니다. 그 아이를 캐스팅하도록 도와주십시오."

"박아람 아역 배우가 대체 누군데 그러는 거죠? 감독님이 직접 캐스팅하면 될 텐데 굳이 나를 찾아올 필요가 있을까요?"

오세라는 처음엔 심드렁한 태도로 나왔다.

유토피아 생수 광고.

그곳에 나온 박아람이었지만, 아이 얼굴은 알아도 박아람이라는 이름까지는 모르고 있었던 탓이다.

역시 이럴 줄 알았다는 기색으로 유명우가 오세라를 향해 설명을 이어 가듯이 나왔다.

"박아람은 유토피아 생수 광고를 찍은 아역 배우입니다."

"유토피아 생수 광고요?"

"저에게 배역 캐스팅 권한이 주어지긴 했지만 유토피아엔터 소속 아역 배우인 박아람을 제 영화에 출연시키기 위해선 무엇보다 회장님의 도움이 필요합니다."

오세라는 유명우의 말에 유토피아 생수 광고에 나왔던 귀여운 여자아이를 떠올리곤 인상이 서서히 굳어지기 시작했다.

'지금 이놈이 나를 놀리는 건가?'

안 그래도 오세라는 유토피아 생수 광고가 대중으로부터 크게 호평받고 있는 것에 솔직히 질투도 났고 화도 치밀었다.

그런 상황에서 유토피아 생수 광고에 나왔던 아역 배우를 영화에 출연시키고 싶다는 유명우의 말을 듣자 기분이 엿 같았다. 그런 기분 탓인지 지금 유명우가 그녀를 놀리는 것은 아닌지 싶을 정도였다.

그러자 유명우의 방문이 달갑지 않은 오세라의 목소리가 앙칼지게 흘러나왔다.

"유 감독님! 지금 내가 잘못 들은 건 아니겠죠? 유토피아 엔터 소속 아역 배우를 감히 우리 영화에 합류시키고 싶다고 하셨나요?"

오세라의 싸늘한 눈빛에도 유명우는 목적한 바가 있었기에 위축되는 기색 없이 그녀를 대했다.

"제대로 들은 것이 맞습니다. 회장님께서 허락만 해 주신다면 제가 다시 유토피아 대표님을 만나 설득해 보겠습니다."

'다시'라는 단어가 들어간 유명우의 말에 그만 오세라 동공에서 빛이 번득였다.

"유토피아 대표를 다시 만나? 그렇다는 것은 유 감독님은 이미 그쪽을 만나 봤다는 말이네요?"

"그렇습니다. 어제 유토피아를 찾아가서 그곳의 대표에게 박아람 아역 배우를 우리 영화에 출연시키고 싶다는 의사를 밝혔습니다."

유명우의 말을 들은 오세라는 기분이 더욱 상했다.

원수나 다름없는 유토피아다.

그런 그곳의 아역 배우를 영화에 출연시키고자, 한 번도 아니고 두 번씩이나, 그곳의 대표를 찾아가 구걸하겠다는 말이었다.

이건 그녀로선 용납이 안 되는 일이었다.

그리고 무엇보다 유토피아에서 명성미디어에서 찍는 영화에 그곳의 아역 배우를 순순히 출연시킬 리도 없을 터.

"거절당한 모양이죠?"

"유감스럽게도 그렇습니다. 유토피아 대표는 명성미디어와 불편한 상황을 만들고 싶지 않다며 단호하게 거절하였습니다."

"그런데 유 감독은 자존심은 어디 개나 줘 버렸는지, 또 그곳을 찾아가서 아역 배우를 달라고 구걸하겠다는 말이로군요!"

오세라는 '구걸'이라는 단어를 써서 유명우의 자존심을 긁어 대었지만, 한번 박아람에게 필이 꽂힌 유명우는 오세라의 비아냥거리는 말에도 아랑곳없다는 태도로 말을 이었다.

"회장님께서 허락만 해 주신다면 제가 무슨 수를 써서라도 유토피아 대표의 마음을 돌리도록 해 보겠습니다."

오세라는 유명우가 쉽게 박아람을 포기할 생각이 없다는 것을 깨닫고 나자 더는 참을 수가 없었다.

그깟 아역 배우가 뭐라고!

명성미디어 회장인 오세라의 기분을 엿 같이 만드는 유명우가 너무 짜증스러웠다.

"유 감독님! 한국에 아역 배우가 그렇게 없어요? 왜 하필 유토피아 소속 아역 배우냐고요! 지금 나랑 한판 뜨자는 거야, 뭐야!"

하지만 오세라의 살벌한 분위기에도 유명우는 박아람을 포기할 수 없었기에 더욱 눈에 힘을 주며 자신의 의사를 밝혔다.

"회장님 기분은 잘 알지만 박아람 아역 배우가 우리 영화에 꼭 필요합니다! 그동안 여러 기획사에서 추천한 아역 배우들을 살펴봤지만 영화에 적합한 아이가 없었습니다. 저도 제가 찍을 영화가 성공하기를 바라는 것처럼, 회장님께서도 이번 영화에 거는 기대가 클 것이라 생각합니다. 그러니 내키지 않으시더라도 영화의 성공을 위해서 아역 배우 캐스팅 문제만큼은 회장님께서 저를 좀 도와주셨으면 합니다."

유명우의 완고한 태도에 오세라는 분노의 감정을 주체 못 했는지 주먹 쥔 손을 그만 부르르 떨어 댔다.

"맞아요. 이번 영화가 성공하기를 누구보다 바라고 있어요. 하지만 차라리 영화를 포기하는 한이 있어도 나는 유토피아와 손잡고 영화를 찍는 일은 절대 용납할 수 없어요. 그러니 공개 오디션으로 아역 배우를 캐스팅하도록 하세요!"

"……!"

유명우 감독은 끝내 오세라를 회유하지 못하자 허탈함에 멍하니 그녀를 쳐다봤다.

오세라의 허락이 떨어져야만 그나마 유토피아를 찾아가 어떻게 해 볼 도리가 있는데, 그녀가 이렇게 펄쩍 뛰며 나오자 그도 이제 박아람을 포기해야 함을 안 것이다.

하지만 한번 필이 꽂힌 아역 배우 박아람을 포기하는 일이
그리 쉽지 않다는 것이다.

게다가 영화에서 중요한 비중을 차지하는 아역 배우였기
에 정말 놓치고 싶지 않았다.

공개 오디션을 통해 건진 아이가 과연 박아람에게 느꼈던
필을 똑같이 느끼게 해 줄지 자신이 없었다.

❈

날이 밝았다.

유토피아엔터테인먼트 사장 채현우.

그는 출근 후 자신의 사무실로 들어가지 않고 곧바로 유토
피아 대표실로 향했다.

말끔한 정장에 서류가방을 소지한 채현우의 방문에 석기
는 웃는 낯으로 그를 소파로 안내했다.

"유명우 감독이 어제 대표님을 찾아왔다면서요?"

"네, 역시 짐작대로 아람 양을 그쪽에서 찍을 영화에 아역
배우로 출연시키고 싶다고 하더군요."

"그래서 뭐라고 하셨나요?"

"아람 양이 명성에 합류할 이유가 없기에 단호하게 거절했
습니다."

"그럴 줄 알았습니다."

채현우가 석기를 향해 씩 웃어 보이고는 다시 대화를 이어 나갔다.

"유명우 감독, 한번 필이 꽂힌 배우는 반드시 영화에 출연시키기로 유명하죠. 실은 어제 유명우 감독이 오세라 회장에게 아람 양을 그쪽 영화에 출연시키고자 도움을 요청했다가 대차게 까였다는 소문입니다."

"그랬군요."

석기가 씁쓸히 웃었다.

유토피아를 찾아왔던 유명우가 석기의 단호한 태도에 더는 그를 회유하지 못하고 돌아가긴 했지만, 유명우 감독은 박아람을 꼭 영화에 출연키시고 싶어 했기에 쉽게 포기하려 들지 않았을 것이다.

그래서 유명우가 차선책으로 생각한 방법이 바로 오세라였던 모양인데, 그녀 역시 석기와 마찬가지로 박아람이 영화에 출연하는 문제를 절대 받아들이지 않았을 것이다.

"소문에는 오세라 회장이 유토피아와 손잡느니 차라리 영화를 포기하는 쪽을 택할 거라고 했나 봅니다."

"충분히 그러고도 남을 겁니다. 그럼 이젠 공개 오디션으로 아역 배우를 선발하는 수밖에 없겠군요."

"그렇게 돌아가게 되겠죠."

"아람 양을 대신할 아역 배우를 찾아낼 수 있을지는 유명우 감독의 운에 맡겨야겠네요."

석기의 말에 채현우가 의미심장한 눈빛으로 대화를 이어 나갔다.

  "공개 오디션으로 아역 배우를 선발한다고 해도 결코 아람 양의 느낌을 자아내는 아역 배우는 찾아내지 못할 거라고 봅니다. 유명우 감독이 아무리 흥행 제조기로 알려졌다고 해도 명성과 손잡은 이상 운발이 다했을 테니까요."

  "유명우 감독에겐 안된 말이네요. 듣자 하니 유명우 감독도 명성이 좋아서 그곳과 일하는 것은 아닌 듯싶던데요."

  "도혁수 실장에게 과거에 진 빚 때문이라는 말도 있긴 하죠. 그건 그렇고, 이번에 스카이제작사에서도 아역 배우가 출연하는 영화를 찍는다는 소식입니다. 그곳에 아람 양을 출연시키면 어떨까 하는데, 대표님 생각은 어떠십니까?"

  "스카이에서 아역 배우가 출연하는 영화를 찍는다고요?"

  스카이제작사.

  국내에서 인지도 높은 곳으로 그동안 그곳에서 제작한 영화와 드라마가 꽤 된다는 점에 석기가 관심을 보였다.

  자금력은 명성금융을 뒷배로 두고 있던 명성미디어보다는 딸리겠지만 제작사의 인지도만 놓고 본다면 스카이가 훨씬 탄탄했다.

  "네! 대표님께서 관심 있으시다면 그쪽과 연락해 보겠습니다. 어제 스카이제작사에서 유토피아 생수 광고를 찍은 아람 양을 좋게 생각했는지 아역 배우로 캐스팅하고 싶다는 연락이 왔거든요."

"흐음, 그래요?"

석기의 눈빛이 반짝였다.

안 그래도 유토피아를 못 잡아먹어 안달이었던 명성미디어가 마찰을 피하고자 영화로 눈을 돌린 상황에 석기로선 살짝 아쉬운 점도 없지 않았던 것이다.

만일 유토피아 소속 아역 배우인 박아람이 스카이제작사에서 영화를 찍게 된다면 또다시 명성과 경쟁하는 셈이 된다.

"그렇다면 일단 스카이에서 제작할 시나리오를 보고 나서 결정해도 늦지 않겠군요."

"그럴 줄 알고 제가 시나리오를 가져왔습니다. 하하!"

"그래요?"

채현우가 테이블 옆에 내려놓았던 서류가방에서 시나리오 책자를 꺼내 싱글거리는 기색으로 석기에게 건넸다.

"천천히 읽어 보시고 연락 주세요. 저는 대표님 안목을 믿고 있습니다. 아람 양이 출연해도 괜찮을 작품인지 판단해 주십시오."

"이거 부담되는데요?"

"그럼 나가 보겠습니다."

채현우가 밖으로 사라졌다.

혼자 실내에 남은 석기는 테이블에 놓인 시나리오 책자에 적힌 제목을 쳐다봤다.

엄마 찾기

다소 특이한 시나리오 제목이라는 생각을 하면서 석기는 겉표지를 뒤로 넘기며 내용을 읽기 시작했다.

생각보다 흥미가 있었다.

시나리오 줄거리는 시골에서 할머니와 단둘이 살고 있던 아이가 여름방학에 서울로 올라와 집나간 엄마를 찾아다니면서 겪게 되는 내용을 담은 것이다.

'만일 이걸 박아람이 맡는다면?'

유명우 감독은 명성에서 찍을 영화에 박아람이 적격이라 했지만, 석기가 생각하기엔 스카이에서 제작하려는 영화가 박아람에게 더 잘 어울릴 것이라는 느낌을 받았다.

게다가 더욱 큰 메리트는 명성의 영화와 달리 스카이에서 찍는 영화는 아역 배역에게 포커스가 맞춰진다는 점에 아역 배우의 존재감을 강하게 보여 줄 수 있다는 점이었다.

박아람이 영화를 찍어 본 경험이 없다는 점이 문제일 수도 있지만, 이미 생수 광고를 통해 석기는 박아람의 잠재력을 알고 있었다.

그리고 무엇보다 시나리오 책자.

그곳에서 박아람에게서 느꼈던 청명한 아우리가 넘실거렸다.

박아람이 풍기던 아우라와 같은 빛깔이라는 점에 스카이

제작사의 작품이 케미가 좋을 것이라는 의미였다.

명성미디어에서 유토피아와의 마찰을 피해 영화 사업에 손을 대었지만, 만일 박아람이 스카이제작사의 영화에 출연하게 된다면 재미있는 싸움이 될 듯싶었다.

※

'그렇다면 먼저 아람이 생각을 들어 보는 것이 필요하겠군.'

석기는 시나리오 책자에 일렁거리는 청명한 아우라를 통해 스카이제작사에서 찍을 〈엄마 찾기〉란 영화가 흥행에 성공할 것임을 눈치챘지만, 영화에 출연할 아역 배우 박아람의 의사가 어떠한지를 알아볼 필요가 있었다.

만일의 경우 박아람이 영화를 찍는 것을 거부한다면 석기는 억지로 아이에게 영화를 강요할 마음이 없었다.

"아람 양을 데리고 왔습니다!"

석기의 호출에 유토피아 엔터 사장 채현우가 박아람을 데리고 다시 대표실을 찾아왔다.

스카이제작사에서 찍을 영화인 〈엄마 찾기〉 시나리오 책자를 석기에게 건네주고 나갔던 채현우였기에, 석기가 대표실로 아역 배우 박아람을 호출한 것에 채현우의 눈빛에는 기대감이 다분했다.

"대표님! 저 영화 찍고 싶어요!"

소파에 자리한 박아람은 석기가 먼저 영화에 대한 말을 꺼내기도 전에, 채현우에게 대충 얘기를 들었는지 석기 앞에서 아이는 자신의 의사를 똑똑히 밝혔다.

스윽!

석기가 슬쩍 채현우를 쳐다봤다.

채현우 성격을 알고 있기에 박아람에게 영화를 찍도록 바람을 넣었을 리는 없을 터.

그렇다면 이건 순전히 박아람이 내린 결정이었을 것이라 생각한 석기가 다시 아이 얼굴로 고갤 돌리며 넌지시 물었다.

"어떤 영화인지 알고 있어요?"

"네, 대표님! 아이가 엄마를 찾는 내용이라고 들었어요. 그래서 더 영화를 찍고 싶어졌어요."

석기는 박아람의 촉촉해진 눈망울을 발견하고는 천천히 고개를 끄덕여 주었다.

박아람의 가정사를 생각하면 아이가 영화를 찍고 싶어 하는 것이 충분히 이해가 되었다.

할머니와 단둘이 살고 있는 아이.

하지만 과거에는 박아람에게 아빠도 있었고, 엄마도 있었다.

박아람이 다섯 살 무렵.

공사장에서 일을 하던 박아람 아빠가 사고사로 세상을 떠나자 생활고를 견디지 못한 박아람 엄마가 집을 나갔던 것이다.

그 후로 박아람은 어려운 환경 속에서 버텨 내기 위해서 또래 아이들보다 일찍 철이 들게 되었고, 할머니 앞에선 엄마 얘기를 절대 꺼내지 않게 되었다.

하지만 박아람은 항상 엄마를 그리워했을 것이다.

언젠가는 다시 엄마가 박아람 곁으로 돌아올 것이란 희망의 끈을 놓고 싶지 않았을 것이다.

유토피아 생수 광고.

박아람이 광고를 찍은 것도 유명한 스타가 되어 돈을 많이 벌어서 할머니를 행복하게 만들어 주고 싶은 것도 있었지만, 아이의 마음 한구석엔 자신을 버리고 떠난 엄마에게 다시 돌아오라는 메시지도 내포되어 있었을 것이다.

하지만 유토피아 생수 광고가 대박을 터트린 상황에도 박아람의 엄마는 여전히 깜깜무소식이었다.

그런 상황에서 박아람은 채현우에게 〈엄마 찾기〉라는 영화 시나리오 이야기를 듣자 가슴이 두근거렸을 터.

엄마를 찾아 나선다는 것.

박아람이 어려서 직접 행동에 옮기지 못하고 있던 일이지만, 영화를 통해 대리 만족을 할 수도 있었고, 그리고 어쩌면 생수 광고를 보고도 깜깜무소식인 엄마지만, 아이가 엄마를 찾는 영화를 찍게 되면 집을 나간 엄마도 마음을 달리 먹을 수 있을 것이라 생각했을 터.

[영화를 잘 찍어서 엄마가 꼭 날 찾으러 오게 만들고 싶어.]

한편, 박아람이 영화를 찍으려는 솔직한 속마음을 들은 석기는 책임감을 느끼게 되었다.

아이의 바람을 이루어 주기 위해선 영화가 크게 성공해야만 할 터. 만일 박아람 엄마가 세상 어딘가에 죽지 않고 살아 있다면, 적어도 〈엄마 찾기〉란 영화에 출연한 박아람을 쉽게 떨쳐 내지 못할 것이라 믿었다.

"채 사장님! 내일 아람 양을 데리고 스카이제작사를 방문할 것이라고 연락 넣으세요."

"넵! 그러겠습니다!"

채현우도 석기와 같은 생각을 하고 있었던지 흔쾌한 기색으로 대답했다.

"감사합니다, 대표님! 영화 열심히 찍어서 엄마 찾고 싶어요! 흐윽!"

눈물을 글썽거리던 박아람이 기어코 속내를 드러냈다.

❀

다음 날.

석기는 아역 배우 박아람을 데리고 직접 스카이제작사로

움직였다.

영화를 찍는 것.

영화로 명성미디어와 또다시 경쟁을 하게 된 점도 있지만, 이번 영화는 박아람의 엄마를 찾는 일에 의의가 있는 일이었기에 기획사 사장 채현우 대신 석기가 직접 움직이게 되었다.

"스카이제작사 대표 정수록입니다! 와 주셔서 감사합니다!"

스카이제작사에선 정수록 대표를 비롯하여 영화감독 오승찬이 사무실에 먼저 나와서 석기와 박아람을 맞이하고자 기다리고 있었다.

참고로 〈엄마 찾기〉 시나리오는 오승찬 감독이 쓴 작품이다. 그래서 작가 겸 영화감독인 셈이다.

"유토피아 대표 신석기입니다!"

"허허! 신 대표님 인물이 너무 훤칠하셔서 그런지 이거 배우라고 해도 믿겠습니다!"

"하하! 저를 좋게 봐주셔서 감사합니다만, 정 대표님이야말로 풍채가 당당하니 아주 멋지십니다!"

스카이제작사 정수록 대표는 인상이 아주 호탕해 보였다.

[유토피아 대표 패기도 넘치고 아주 잘생겼어! 역시 회사가 승승장구하는 이유가 있어!]

스카이제작사 대표 정수록의 속마음을 통해 유토피아에 대해 호의적임을 알 수 있었다.

석기는 스카이제작사 대표와 악수를 나누고는 곧바로 영화감독 오승찬과도 악수를 나누었다.

"영화감독 오승찬입니다!"

오승찬은 30대 중반으로 하회탈처럼 생겼는데, 그는 석기와 인사를 나누자 이내 아역 배우로 동행한 박아람을 관심 있는 눈빛으로 쳐다봤다.

마치 삼촌이 조카를 대하는 눈빛처럼 따뜻했다.

"이 아이가 박아람 아역 배우로군요!"

"안녕하세요!"

예쁘게 차려입은 박아람이 수줍은 기색으로 영화감독 오승찬을 향해 배꼽 손 인사를 했다.

[역시 유명우 선배가 탐을 내는 이유가 있었군. 하지만 유명우 선배의 영화보다는 아이의 가정사도 그렇고 내가 찍으려는 영화에 딱 부합하는 아역 배우다.]

오승찬 감독의 속마음이 들렸다.

오승찬 역시 유명우 감독과 마찬가지로 박아람에게 필이 꽂힌 눈빛이다.

단지 한 가지 차이가 있다면 오승찬은 박아람의 가정사를 모두 파악하고 있다는 것을 눈치챌 수 있었다.

그래서 어떤 아역 배우보다 자신의 작품을 잘 소화해 낼 수 있는 아역 배우라고 판단을 내렸을 터.

모두가 테이블로 자리했다.

어른들은 커피, 아이인 박아람에겐 코코아가 나왔다.

정식 계약에 앞서 필요한 사항에 대해 서로 질문이 오갔다.

석기가 오승찬을 향해 물었다.

"혹시 유명우 영화감독과 선후배 관계신가요?"

이건 이곳에 와서 오승찬 속마음을 통해 들은 내용이지만, 유명우 감독도 박아람을 원하는 입장이니 한번 짚고 넘어갈 필요는 있었다.

"그렇습니다. 참고로 그쪽에서도 박아람 아역 배우를 탐내고 있다는 소문은 들었습니다. 그런데 이렇게 저희 작품을 선택해 주셨으니 제가 아주 운이 좋은 셈이군요."

오승찬이 석기를 향해 익살맞은 미소를 머금어보였다.

유명우 감독과 선후배 사이.

흥행 면에선 사실 오승찬보다는 유명우 감독이 만든 영화들이 우세라고 볼 수 있지만, 오승찬이 만든 영화는 유명우 감독에게서는 느끼지 못했던, 사람의 심금을 울리는 따뜻한 온기가 느껴지는 영화라는 점에서 마음이 끌렸다.

게다가 오승찬이 찍은 영화들은 모두 오승찬이 직접 시나리오를 썼다는 점도 석기의 관심을 끌었다.

"〈엄마 찾기〉 시나리오를 직접 오승찬 감독님께서 쓰셨다고 들었습니다."

"맞습니다. 제 시나리오를 읽어 보신 모양이군요."

"네, 아주 좋더군요."

석기와 오승찬의 시선이 자연스럽게 코코아를 귀엽게 홀짝거리고 있는 박아람에게로 향했다.

〈엄마 찾기〉에선 어찌 보면 아역이 주인공인 셈이었다.

그랬기에 오승찬 감독 입장에선 연기 경험이 전혀 없는 박아람을 영화에 출연시키는 것은 자칫 모험일 수도 있다.

그럼에도 박아람을 향한 오승찬 감독의 눈빛에선 갈등이 전혀 느껴지지 않았다. 그리고 스카이제작사 대표인 정수록도 마찬가지였고.

"더는 질문 사항이 없으시다면 계약서 작성에 들어가겠습니다."

"그러시죠."

석기는 계약서를 작성하는 자리에 법무팀장 서경훈을 대동하지 않았지만 상관없었다.

블루문을 취한 석기였다.

어느 정도 경지에 이르자 이제는 시나리오 책자에 나타난 아우라를 통해 영화의 성공 여부를 간파할 수 있게 되었다.

그리고 계약서 서류에도 독소 조항 여부를 판가름할 수 있도록 아우라가 나타났다.

　시나리오 책자에서 보았던 것처럼 계약서 서류에서도 청명한 아우라가 넘실거렸다.

　독소 조항은 없다는 의미.

　'이곳을 택하길 잘했다.'

　석기의 입가에 미소가 맺혔다.

⊛

　명성제작사 사무실.

　아역 배우 공개 오디션 일정을 인터넷에 공고했지만, 박아람에 필이 꽂힌 탓에 아직까지도 마음이 편치 않았던 유명우 감독이다.

　그런 유명우를 제작사 실장이 찾아와 불을 질러 버렸다.

　"감독님! 소문 들으셨습니까? 유토피아 생수 광고를 찍은 박아람 아역 배우가 스카이제작사에서 찍을 영화에 합류했다고 합니다."

　제작사 실장은 유명우가 박아람에게 목을 매고 있는 것을 눈치챘기에, 이제는 그만 박아람에게 미련을 버리고 정신을 차리라는 의미로 정보를 전달한 것이다.

　"지, 지금 뭐라고 했어요? 박아람 아역 배우가 스카이로 갔다고? 그게 사실입니까?"

"네! 어제 그곳에 유토피아 대표가 찾아와 아역 배우 계약을 했다고 하더군요. 그러니 이젠 박아람은 잊어버리는 것이 좋을 겁니다."

"하아! 박아람이……."

유명우 안색이 창백해졌다.

필이 꽂힌 아역 배우 박아람이 그가 찍을 영화가 아닌 다른 감독이 찍을 영화에 출연한다는 것을 알게 되자 허망함이 걷잡을 수 없이 밀려왔다.

'으윽! 오세라 회장이 허락만 해 주었어도…….'

유명우 감독은 박아람을 놓친 것에 명성미디어 회장인 오세라를 원망하게 되었다.

오세라가 허락만 해 주었으면 무슨 수를 써서라도 유토피아 대표의 마음을 돌릴 생각이었지만, 이제 그것도 끝났다.

"감독님! 다음 주에 아역 배우 오디션이 있으니 참고 바랍니다."

"알았어요. 혼자 있고 싶네요."

"네에, 그럼 쉬십시오."

제작사 실장이 밖으로 사라지자 유명우 감독은 맥이 쭉 빠진 몰골로 소파에 힘없이 앉았다.

그런 유명우가 자리한 앞쪽 테이블에는 스카이제작사에서 찍을 시나리오 책자가 놓여 있었다.

'유토피아에서 나 대신에 승찬이 영화를 택했단 말이지?'

영화감독 오승찬.

유명우 감독이 아끼던 후배였다.

〈엄마 찾기〉는 오승찬이 영화로 찍고 싶어 했던 작품이다. 흥행에 불리할 작품이라는 것에 여러 제작사에서 마다한 것으로 알고 있는데, 이번에 스카이제작사에서 오승찬 작품을 영화로 만들게 된 것이다.

'어쩌면 그 아이, 내 영화보다 승찬이 영화에 더 어울리긴 하겠군.'

유토피아 대표 석기를 찾아 박아람 아역 배우를 그의 영화에 출연시키고 싶다고 주장했지만, 단호하게 거절했던 석기였다.

그때는 석기에게 거절당한 일로 아쉽다는 생각에 깊게 생각하지 못했지만, 지금 이렇게 오승찬의 시나리오를 대하자 유명우는 자신의 작품보다 오승찬의 작품이 박아람에게 더 어울리는 작품이라는 것을 깨달았다.

'미련하게 그것도 모르고 필이 꽂힌 아역 배우라 욕심만 부렸으니 이런 결과를 맞이한 것도 당연해.'

유명우 감독은 쓸쓸히 웃었다.

우연치고는 묘한 일이지만 이제까지 오승찬과 같은 시기에 영화를 찍은 적은 없었다.

하지만 이번에는 본의 아니게도 아역 배우가 들어간 두 사람이 찍은 영화가 서로 경쟁하게 된 것이다.

과연 누가 승자가 될지 모르는 일이나 유명우 감독은 후배에게 질 수 없다는 생각에 주먹을 꽉 쥐었다.

❈

명성미디어 회장실.

도혁수가 오세라를 찾아왔다.

유토피아 소속 아역 배우인 박아람이 스카이제작사와 배우 계약을 하게 되었다는 소식은 도혁수의 귀에도 들어오게 되었으니까.

'고작 아역 배우 계약 문제지만.'

하지만 국내의 제작사 중에서도 인지도 높은 스카이와 계약한 아역 배우가 바로 유토피아 소속이라는 점이 문제였다.

거기에다 그 아역 배우가 명성과 손을 잡은 유명우 감독이 필이 꽂힌 아이라는 점에서, 도혁수의 입장에선 고작 아역 배우에 관한 일이었음에도 쉽게 무시할 수 없었다.

해서 도혁수는 소파에 다리를 꼬고 앉아 무슨 일로 찾아온 건지 째려보는 오세라에게 박아람에 대한 보고를 하지 않을 수가 없었다.

그렇게 도혁수의 입에서 박아람에 대한 보고가 끝나자, 역시 짐작대로 오세라는 시니컬한 반응을 보여 주었다.

"그러니까 유 감독이 원하던 박아람이란 아역 배우를 스카이에서도 노렸단 말로 들리네요. 이거 혹시 스카이에서 우리랑 한번 해보자는 뜻은 아니겠죠?"

오세라는 입술을 힘주어 깨물었다.

고작 아역 배우 하나로 불거진 문제이나, 그것에 얽힌 사연에 오세라도 끼어 있다는 것이다.

명성과 손을 잡은 유명우 감독.

그에게 배역 선택권이 주어졌지만 그것을 무용지물로 만든 아역 배우인 탓이다.

바로 오세라로 인하여.

유명우 감독이 아역 배우 박아람을 영화에 출연시키게 도와 달라고 오세라에게 간절히 도움을 청했지만 그녀는 들어주지 않았다.

원수나 다름없는 유토피아였기에.

그곳의 아역 배우를 명성의 영화에 출연시키는 것은 절대 있을 수 없는 일이라고 생각했기에 말이다.

그랬는데.

박아람이라는 아역 배우가 떡하니 스카이제작사와 배우 계약을 했다는 도혁수의 보고에, 비록 박아람을 거절한 것은 그녀였으나 이상하게 뒤통수를 맞은 기분이었다.

"스카이제작사와 손을 잡은 오승찬 감독이 이번에 찍을 영화에 아역 배우가 필요했던 모양입니다. 하필 유 감독이 원했던 아역 배우가 스카이와 계약한 상황이지만 그곳에서 일부러 저희 명성을 도발할 의도로 아역 배우를 캐스팅한 것은 아니라고 판단됩니다. 다만 마음에 걸리는 것은 아역 배우의 소속이 바로 유토피아라는 점입니다."

도혁수 말에 오세라가 얼른 반발하듯이 나왔다.

"스카이는 그럴지 몰라도 유토피아에선 딴마음을 먹고 있을 것이 분명해요! 그래서 우리를 엿 먹이고자 스카이와 계약한 거고요!"

영화 사업에 눈을 돌린 것.

그동안 명성이 유토피아와 경쟁만 했다하면 연달아 물먹는 일이 벌어지자, 더는 마찰을 피하려는 의도에서 명성금융 총수 주현문의 강압적인 제안으로 영화 사업에 손대게 된 것이다.

그랬는데 또 유토피아와 엮이게 된 것이다.

그것도 명성의 총괄감독인 유명우의 애간장을 태웠던 아역 배우가 스카이에서 영화를 찍게 되었다.

"어차피 유토피아 입장에선 아역 배우를 영화에 출연시킬 생각이었다면 명성보다는 스카이를 택한 것이 당연합니다. 회장님께서도 그래서 박아람 아역 배우가 필요하다고 간청한 유 감독의 말을 냉정하게 거절하셨던 거고요."

이성적인 도혁수의 태도와는 달리 오세라는 원치 않았음에도 유토피아와 또다시 붙게 된 것에 흥분된 기색이 역력했다.

"맞아요! 유토피아 아역 배우를 명성에서 찍을 영화에 받아들일 수는 없는 노릇이잖아요! 그러니 이건 누가 뭐래도 유토피아에서 계획적으로 벌인 비열한 짓거리라고요! 우리가 그곳과 마찰을 피하려는 것을 눈치채고 나를 엿 먹이겠다고 기회를 노리고 있다가 스카이에서 제안이 들어오니 옳다구나 손잡은 거라고요! 이이익!"

도혁수는 오세라가 유토피아 아역 배우가 스카이의 영화를 찍게 된 것을 계획적인 비열한 짓거리라고 매도하면서 펄펄 뛰는 모습에 벌써부터 머리가 지끈거렸다.

'과연 아역 배우 하나로 영화의 판도가 달라질 수 있을까?'

도혁수는 회장실에 오기 전에 봤던 스카이에서 제작할 영화 시나리오를 떠올렸다.

스카이에서 제작할 영화는 〈엄마 찾기〉라는 제목으로 아역 배우가 거의 영화를 이끌어 간다고 보면 되었기에 아역 배우의 연기가 영화에서 아주 중요한 비중을 차지했다.

'연기를 해 본 경험이 전혀 없는 아이가 영화를 제대로 살려 낼 수 있을까?'

명석한 판단력을 지닌 도혁수다.

어쩌면 스카이에서 박아람을 캐스팅한 것은 '모' 아니면 '도'라는 생각이 들었다. 즉, 위험 요소가 크다는 점이었다.

게다가 아이가 주인공인 영화가 성인들에게 얼마나 공감을 살 수 있을지도 미지수였다.

반면 명성에서 제작할 영화.

영화 제목은 〈흑기사 아저씨〉.

유명우 감독의 영화도 아역 배우가 차지하는 비중이 크긴 했지만 〈엄마 찾기〉보다는 약했다.

게다가 어려운 처지에 놓인 동네 아이를 구하고자 남자 주인공이 살인 청부업자를 상대로 펼치는 화려한 액션 신이 가미된 영화로, 볼거리가 많은 점에선 확실히 〈흑기사 아저씨〉 쪽이 흥행할 요소가 컸다.

'더구나 그 영화를 충무로에서 흥행 제조기로 불리던 유 감독이 맡았으니, 공개 오디션으로 캐스팅된 아역 배우가 설령 유 감독의 성에 차지 못한다고 해도 손익 분기점은 충분히 넘기고도 남을 터.'

머릿속으로 계산을 마친 도혁수가 오세라를 안심시키듯이 나왔다.

"스카이에서 제작할 영화와 명성에서 제작할 영화에 똑같이 아역 배우의 비중이 크긴 하지만, 스카이에서는 연기 경험이 없는 아이를 캐스팅했기 때문에 위험성이 있습니다. 주인공 격인 아이가 제대로 연기를 받쳐 주지 못하면 망하는 영화가 될 겁니다. 반면, 명성에서 제작할 영화는 남자 주인공으로 캐스팅된 배우의 연기력이 워낙 탄탄합니다. 해서 아역 배우와 상관없이 아무리 못 찍어도 손익 분기점은 넘길 것이니 이번 영화 사업에서는 명성이 유리하다는 판단입니다."

"하아! 다행이네요. 도 실장의 판단이 맞기를 기대해야겠군요."

오세라가 밝게 웃었다.

영화 사업까지 망했다간 외조부 주현문의 얼굴을 볼 낯이 없었는데 도혁수의 말을 듣자 안심이 되었다.

한 달이 훌쩍 흘러갔다.

4월 중순. 봄기운이 완연했다.

유토피아 소속 아역 배우 박아람은 오승찬 감독의 영화에 출연하기 위해 스카이제작사와 배우 계약을 한 이후로 한 달 동안 유토피아 힐링센터에서 연기 연습에 들어갔다.

유토피아 힐링센터에서 연기 연습을 할 경우 잠재력을 끌어내는 데 상당한 도움이 된다.

영화 사업으로 명성과 또다시 경쟁하게 된 것에 유토피아 대표인 석기는 박아람을 위해 최대한 지원을 해 준 셈이었다.

박아람의 두뇌 활성화와 외모 관리를 위해 밤에 잠자리에 들 때마다 아이에게 성수가 내포된 생수를 마시게 했고, 연기 연습을 위해 유명 강사를 붙여 주었고, 연습실로 유토피아 힐링센터를 제공했다.

그 결과 한 달이 지나자 박아람은 톱급 아역 배우를 방불케 할 정도의 수준에 이르게 되었다.

그리고 드디어 오늘 〈엄마 찾기〉 대본 리딩을 갖게 되었다.

대본 리딩은 스카이제작사 행사 홀에서 진행되었는데, 수많은 사람들이 리딩장에 참석했다.

석기도 리딩장에 참석했다.

대본 리딩에 들어가기 전에 기자들의 인터뷰가 있었다.

아역 배우 박아람과 함께 리딩장에 등장한 석기 주변에 인터뷰를 하고자 기자들이 몰려왔다.

아역 배우이지만 〈엄마 찾기〉에서 주인공 역할인 박아람을 향해 기자들이 먼저 질문을 했다.

"박아람 양! 대본 리딩에 참석한 것이 이번이 처음이라고 알고 있는데요. 여러 배우들과 리딩을 하게 된 기분이 어떤가요?"

"떨리지만 기분 좋아요! 그리고 나중에 영화에 나온 제 모습을 엄마가 꼭 보았으면 좋겠어요!"

"영화 제목이 〈엄마 찾기〉라고 알고 있습니다! 박아람 양도 영화에 나오는 주인공처럼 꼭 엄마를 찾기를 바랍니다!"

"감사합니다! 저 정말 열심히 연기해서 영화가 성공할 수 있도록 노력할 거예요!"

기자들은 박아람의 가정사를 알고 있었기에 아이의 결심에 다들 흐뭇하게 미소를 머금어 보였다.

　이어 유토피아 대표인 석기에게도 기자들이 관심을 보였다.

　유토피아에서 벌이는 사업들이 모두 승승장구하고 있었다.

　유토피아 생수는 이제 국민을 위한 건강 생수로 알려질 정도였다.

　저소득층과 소외 계층 사람들에게 본래 가격보다 훨씬 저렴한 가격대로 판매되고 있기도 했지만, 건강이 좋지 못한 이들에게 확실한 효과를 보게 해 준다는 점에 대중으로부터 인기 폭발이었다.

　"신석기 대표님! 박아람 아역 배우에게 명성에서도 캐스팅 제의가 들어온 것으로 알고 있습니다!"

　"네! 그렇습니다!"

　"명성에서 먼저 캐스팅 제안을 했음에도 대표님께선 스카이를 택하셨습니다! 이유가 있나요?"

　"일단 오승찬 감독님의 영화가 박아람 아역 배우와 케미가 잘 맞을 거라는 점에 스카이를 택하게 되었습니다. 그리고 이번 영화는 박아람 아역 배우에겐 나름대로 의미가 깊은 영화가 될 것이라 여깁니다. 그러니 많은 응원 바랍니다!"

　석기는 굳이 명성과의 관계를 기자들 앞에 드러내지 않았지만 알 사람은 모두 알고 있다는 것이다.

그때 스카이제작사 대표 정수록과 오승찬 영화감독도 리딩장에 도착했다.

먼저 정수록 대표의 인터뷰가 있었다.

"정수록 대표님! 국내에서 탄탄한 인지도를 구축하고 있는 스카이입니다! 하지만 이번 영화에 우려를 표하는 영화 관련자들이 일부 있는 것으로 압니다! 대표님께서 보시기에 이번 영화가 흥행할 것이라 생각하십니까?"

"저는 오승찬 감독님 영화가 흥행에 성공하면 좋겠지만, 그렇게 되지 않는다고 해도 괜찮습니다! 그저 스카이에서 만든 영화가 사람들 마음에 오래도록 기억될 수 있는 좋은 영화가 되기를 바랍니다!"

석기는 스카이 대표 정수록의 말이 진심임을 알 수 있었다.

이번 영화 예감이 좋았다.

흥행을 목표로 찍는 영화가 아니라 좋은 영화를 만들기 위해 찍는 영화라는 말이 마음에 와닿았다.

오승찬 감독의 인터뷰도 있었다.

"연기 경험이 전혀 없는 박아람 아역 배우를 이번 영화에 캐스팅한 것이 모험이라는 말도 있습니다! 그런 의미에서 박아람 아역 배우를 캐스팅한 이유에 대해서 듣고 싶습니다!"

"필이 꽂힌 때문이기도 하지만, 이번 영화에 박아람 양만큼 어울리는 아역 배우는 없다고 생각해서 캐스팅하게 되었습니다."

"유명우 감독님과 선후배 사이라고 들었습니다! 업계에서 흥행 제조기로 알려진 유명우 감독님과 경쟁을 하게 되셨는데 어떻게 승리할 자신이 있습니까?"

"승리를 이 자리에서 언급하는 것은 시기상조라고 생각합니다. 참고로 저 역시 정수록 대표님과 같은 마음입니다. 아무리 흥행에 성공해도 사람들이 금방 잊게 되는 영화보다 오래도록 사람들 기억에 남는 영화를 찍는 것이 제가 추구하는 영화 철학이니까요."

인터뷰를 마친 오승찬이 리딩 테이블로 향했다.

박아람을 비롯하여 여러 배우들이 테이블에 자리한 상황이다.

오승찬은 감독과 작가를 겸했지만 감독의 자리에 앉았다.

잠시 감독과 배우들의 소개가 끝나자 드디어 조감독이 리딩 시작을 모두에게 알렸다.

"지금부터 〈엄마 찾기〉 리딩을 시작하겠습니다!"

오늘 대본 리딩은 한편으론 아역 배우 박아람에 대한 검증을 하는 자리이기도 했기에 모든 사람들의 시선이 박아람에게로 쏠렸다.

크게 부담이 될 법도 하건만.

의외로 박아람은 침착해 보였다.

아이가 리딩장에 도착하기 전에 석기가 준 '성수 부적'을 취한 덕분이다. 긴장도 풀어 주고 집중력도 배로 높여 준다. 즉, 리딩에 들어갈 만반의 준비가 되었다.

반면, 박아람에 비해 어른들이 더 긴장한 태도였다.

그렇게 모두의 관심이 박아람에게 집중된 가운데 드디어 오승찬 감독의 사인이 흘러나왔고, 박아람의 첫 대사가 시작되었다.

"엄마……."

박아람의 입에서 흘러나온 '엄마'라는 한마디에 아이의 존재감이 강하게 사람들 마음에 자리 잡게 되었다.

연기 경험이 전혀 없는 아역 배우.

그런 박아람을 주연이나 마찬가지인 배역에 캐스팅한 것으로 리딩 테이블에 자리한 몇몇 배우들은 오승찬 감독을 불신하고 있었다.

그랬는데 도입부 첫 대사.

자연스럽게 배역에 몰입한 박아람이 나직하게 내뱉은 '엄마'라는 단어. 그 단어에 담긴 함축적인 느낌에 리딩장에 자리한 모두가 숨을 죽였다.

'대박! 이거 보통 아이가 아닌데?'

'하! 고작 말 한마디로 리딩장 분위기를 꽉 잡았다!'

'역시 오승찬 감독이 꼭 저 아역 배우를 고집한 이유가 있었군!'

'이번 영화 아주 기대가 되는데?'

그것으로 끝이 아니었다.

박아람의 다음 대사가 이어졌다.

"이번 방학에 정자 이모 따라서 서울 구경 갈 거야. 서울 가면 나 엄마 찾아볼 거야. 우리 마을에서 나 숨바꼭질 제일 잘하니까 서울 가도 금방 엄마 찾아낼 수 있을 거야. 히히!"

이번 대사에서는 또 다른 분위기가 느껴졌다.

아이의 천진난만함을 자연스럽게 표현해 냈다.

하지만 아이의 대사에 다들 코가 시큰해졌다.

한편으론 여기까지 보여 준 것만으로, 박아람에 대한 검증은 끝난 셈이다.

아이의 발성과 호흡 조절.

영화를 찍어 본 적이 전혀 없는 박아람이었지만, 톱급 아역 배우와 견줘도 부족하지 않을 정도로 모든 것이 그야말로 완벽했다.

이어 다른 배우들의 리딩이 시작되었다.

박아람이 불러온 바람.

그것이 다른 배우들의 가슴에 불을 지폈다.

아이에게 질 수 없다.

리딩장 분위기가 뜨거웠다.

오승찬 감독은 이런 분위기에 팔짱을 낀 자세로 입가에 살포시 미소를 머금었다.

'아람 양의 포텐이 터졌군.'

석기 역시 돌아가는 상황을 흡족히 지켜보고 있었다.

확실히 아이라 그런지 '성수 부적'의 효과가 더 잘 먹힌 듯 싶었다.

오늘 리딩장의 분위기는 박아람이 끌고 가고 있다고 해도 과언이 아니었다. 다른 배우들의 호흡을 씹어 삼킬 정도로 엄청난 존재감을 뿜어내고 있었던 것이다.

게다가 리딩 시간이 한참이나 흘러갔음에도 박아람은 지친 구석이 보이지 않고, 대본 리딩 역시 흐트러짐이 없다는 점도 모두를 경악하게 만들었다.

❖

밤이 되었다.

스카이제작사에서 진행했던 오승찬 영화감독의 〈엄마 찾기〉 대본 리딩이 무사히 끝난 것에 리딩장에 참석했던 기자들이 배우들의 리딩 후기를 인터넷에 올렸다.

거물급 아역 배우 등장!

유토피아 엔터 소속 아역 배우인 박아람 양이 오늘 리딩장에서 보여 준 모습은 감히 톱급 아역 배우라고 불러도 손색이 없을 정도로 대단했다.

또한 대본 리딩이 끝나는 순간까지 박아람 아역 배우는 어른들 못지않게 침착한 리딩 실력을 보여 주어 모두를 깜짝 놀라게 만들었다.

오승찬 영화감독의 탁월한 선택!

대본 리딩 시작 후 도입부 첫 마디부터 리딩장 분위기를 크게 압도한 박아람 아역 배우였다.

오승찬 영화감독이 무명 아역 배우인 박아람 양을 〈엄마 찾기〉에 합류시킨 것은 탁월한 선택이었음을 오늘 대본 리딩에서 충분히 검증이 된 셈이라고 볼 수 있다.

생수 광고에서 이번엔 영화로!

유토피아 생수 광고 모델로 대중의 마음을 한눈에 사로잡았던 아역 배우 박아람 양이 이번엔 오승찬 영화감독의 작품에 출연하여 또다시 대중의 가슴을 설레게 만들어 줄 것이라 본다.

〈엄마 찾기〉에서 주인공 격이라 볼 수 있는 아역 배우 박아람 양이 오늘 대본 리딩에서 보여 준 실력은 기대 이상이었다.

유토피아와 명성이 다시 붙었다!

유토피아 소속 박아람 양이 스카이제작사에서 만들 영화 〈엄마 찾기〉에 합류한 것으로 인해 명성미디어와 또다시 경쟁을 하게 된 셈이라고 볼 수 있다. 앞서 광고 경쟁에서 유토피아에게 패했던 명성이 이번 영화에선 과연 승자가 될 수 있을지 대중의 뜨거운 관심이 주목되는 바이다. 참고로 유명우 영화감독이 쩍을 〈흑기사 아저씨〉는 내일 명성미디어 행사홀에서 대본 리딩이 진행될 예정이다.

〈엄마 찾기〉 대본 리딩에 대한 기자들의 후기는 나쁜 내용은 하나도 없고 하나같이 아역 배우 박아람을 찬양하는 내용들로 가득했다는 점에 무명 배우 박아람에 대한 네티즌들의 관심이 뜨겁게 달아올랐다.

그리고 박아람이 유토피아 생수 광고 모델을 한 아역 배우임이 밝혀지면서 더불어 유토피아에 대한 인지도가 급상승했다.

또한 당연한 현상이겠지만 이런 대중의 격렬한 반응은 곧장 인터넷의 여러 사이트 실검에도 영향을 미치게 되었다.

1위 : 아역 배우 박아람

2위 : 유토피아

3위 : 엄마 찾기 대본 리딩

4위 : 박아람

5위 : 유토피아 생수 광고

6위 : 스카이제작사

7위 : 오승찬 영화감독

......

10위 : 유토피아와 명성 경쟁

인터넷에서 가장 큰 영향력을 행사하고 있던 너이버 실검 1위부터 10위까지가 오늘 스카이제작사에서 진행되었던 대본 리딩에 관련한 내용들로 도배가 되었다.

그중에서도 특히 유토피아 생수 광고 모델을 했던 박아람 아역 배우에 관한 대중의 관심이 아주 뜨거웠다.

그리고 유토피아 소속 아역 배우가 스카이제작사와 손잡은 사실로 인해 세간에서 이번에는 유토피아가 명성미디어와 영화로 한판 붙게 되었다면서 흥미를 보였다.

❊

한편 오세라는 핸드폰을 손에 쥔 채 불안한 마음을 억누르지 못해 손톱을 잘근잘근 씹어 댔다.

오늘 〈엄마 찾기〉 대본 리딩이 진행되었는데 거기에 참석했던 기자들이 죄다 아역 배우 박아람을 칭찬하고 있었다.

유명우 감독이 그토록 원했던 아역 배우 박아람이 무명이란 것도 있지만, 유토피아 소속이라는 것 때문에 결사반대를 했다.

그랬는데 이런 결과라니.

역시 뒤통수 맞은 느낌이 들었다.

"이이익! 박아람! 죽어 버려! 오 감독 영화 망해라!"

분에 겨웠는지 오세라는 아무런 죄도 없는 박아람에게 저주를 퍼부으며 오승찬의 영화가 망하기를 바랐다.

하지만 그 걸로도 불안한 마음을 떨치지 못하자 급기야 그녀는 도혁수와 통화를 나누게 되었다.

내일 〈흑기사 아저씨〉 대본 리딩 날이지만 이런 기분으로 잠자리에 누웠다간 밤을 꼴딱 샐 것만 같았기에.

"도 실장님! 이러다가 우리 영화가 스카이에 밀리는 것은 아니겠죠? 온통 박아람인지, 뭔지 하는 그 아이에 대한 칭찬뿐이라니까요! 아이가 대단해 봤자 얼마나 잘한다고! 이이익!"

명성미디어의 회장인 오세라였지만 너무 철이 없었다. 그리고 분한 감정을 혼자 조용히 삭이는 법이 없다는 것도 문제다. 늘 누군가를 들볶거나 시비를 걸어서 원하는 대답을 들어야만 직성이 풀렸다.

이런 일에 도가 튼 도혁수는 침착하게 응대했다.

―회장님 말씀처럼 아역 배우가 뛰어나 봤자 한계가 있음은 당연합니다. 그러니 너무 걱정 마시고 그만 잠자리에 드시죠.

"하지만 만약의 경우라는 게 있잖아요. 나중에 유 감독의 영화가 막상 뚜껑을 열어 보니 저쪽 영화보다 흥행이 떨어진다면 어떡하실 거죠? 그땐 도 실장님이 책임을 지실 건가요?

나 이번 영화 사업 말아 먹으면 그땐 외할아버지 얼굴을 볼 면목이 없거든요."

-…….

잠시 침묵을 유지한 도혁수.

생각을 정리한 그의 음성이 다시 오세라 핸드폰을 타고 들려왔다.

-회장님께서 이번 영화 사업에 일절 관여를 하지 않겠다는 약속을 지키신다면 저도 책임을 지도록 하죠.

"혹시 박아람 그 아이 때문인가요? 그건 불가피한 상황이었어요. 유토피아 소속인 아이를 어떻게 우리 영화에 끌어들여요!"

-그건 저도 이해합니다. 제가 말씀드리려는 것은 앞으로 벌어질 일들입니다. 아무리 마음에 들지 않는 상황이 벌어져도 절대 회장님께서 개입해서는 안 됩니다. 그걸 지키지 못하겠다면 저는 지금이라도 영화에서 손을 떼겠습니다.

"알았어요. 어떤 일이 있어도 절대 이번 영화 사업에 개입하지 않을 테니 걱정 말아요. 영화가 잘되면 내 덕이고, 못되면 도 실장님 탓으로 여길 테니까요."

뭔가 오세라는 억울한 마음이 들었지만 참았다.

정작 영화 사업에 손대게 되었지만 그녀는 아무것도 하는 것이 없이 그저 지켜보기만 하게 되었으니 이건 마치 꿰다 놓은 보릿자루에 불과하다는 것이다.

하지만 만약 나중에 영화가 잘못될 경우.

보험이 필요했다.

영화가 흥행에 크게 성공하면 모든 것이 그녀의 공이 될 테지만, 반대로 영화가 실패할 경우 책임을 면피하기 위해선 도혁수라는 보험을 들어 놓을 필요가 있었다.

❈

다음 날.

명성미디어 행사홀.

그곳에서 유명우 영화감독의 〈흑기사 아저씨〉 대본 리딩을 갖게 되었다.

어제 스카이제작사 행사홀에서 진행되었던 〈엄마 찾기〉 대본 리딩에 여러 명의 기자들이 몰려온 것처럼, 오늘 〈흑기사 아저씨〉 대본 리딩도 마찬가지로 많은 기자들이 관심을 갖고 리딩장에 참석했다.

"헐! 기자들이 대체 몇 명이나 몰려온 거야?"

"요즘 가장 핫한 화젯거리잖아요. 어제 〈엄마 찾기〉도 이 정도는 몰려왔을걸요."

"〈엄마 찾기〉 대단했다면서?"

"맞다, 선배님은 참석 안 하셨죠?"

"갑자기 출장 잡혀서 나 어제 부산 내려갔다 왔잖아. 근데 오 감독 작품에 나오는 아역 배우가 무명이라고 하지 않았나?"

"무늬만 무명이지, 이건 완전 톱급 아역 배우 수준이더라고요."

"그 정도야?"

"네, 선배님도 보셨으면 깜짝 놀랐을걸요. 조그만 꼬맹이가 리딩장 분위기를 좌지우지했다니까요."

"아마 유 감독 영화에도 아역 배우 나온다고 했지?"

"그럴 거예요. 하지만 〈엄마 찾기〉에 나온 아이만은 못할 걸요."

"단단히 빠진 모양이네."

"흐흐! 선배님도 보셨으면 안 빠지고 못 배겼을 걸요. 그아이 생수 광고 때와는 느낌이 확 달라요. 하여간 유토피아소속 연예인들은 이상하게 사람을 끄는 뭔가가 있다니까요."

"어디 연예인만 그래? 그쪽 제품들도 모두 신비주의잖아."

"그건 그래요. 근데 배우들 도착하려면 좀 더 기다려야 할텐데, 심심한데 내기나 할래요?"

"내기?"

"영화로 유토피아와 명성이 다시 붙게 되었잖아요. 재미삼아 해 보죠, 뭐."

"그럴까, 그럼?"

두 기자의 내기 대화를 들은 탓인지, 친분 있는 몇몇 기자들이 관심을 갖고 주위로 몰려들었다.

"이봐! 내기라면 우리도 끼워 줘!"

"그러세요. 그럼 한우 꽃등심 내기 어때요?"

"한우 꽃등심? 그거 비쌀 텐데."

"지는 쪽이 돈 걷어서 사 주면 되죠."

"좋아! 그러지, 뭐."

"저는 유토피아 콜!"

"유토피아에 걸게?"

"어제 그쪽 아역 배우에게 받은 인상이 하도 강해서요. 왠지 느낌이 좋더라고요. 선배님은요?"

"난 그래도 유 감독의 작품이 한수 위가 아닐까 싶은데. 유 감독 이쪽 업계에서 흥행 제조기로 소문난 인물이잖아."

"에이, 나중에 후회 말고 그냥 유토피아에 거세요. 솔직히 명성이 유토피아와 붙어서 이긴 적이 있어요? 어제 대본 리딩 분위기도 그렇고, 이번 싸움도 유토피아가 이길 것이 뻔해요."

"그래도 이번에는 다를걸. 나는 흥행 제조기 유 감독을 한번 믿어 보겠어!"

"나도 그럼 유 감독, 콜! 시나리오 좋고, 남주 연기 검증되었고, 거기에 공개 오디션으로 선발한 아역 배우 연기력도 괜찮다지?"

"저도 유 감독! 그쪽 영화가 흥행 요소가 크긴 하죠."

"뭐야? 너무 한쪽으로 기울면 그러니 난 유토피아!"

내기에 동참한 기자들은 다섯 명.

두 명이 오승찬 감독의 영화를, 나머지 세 명은 유명우 감독의 영화를 선택했다.

내기를 한 다섯 명 중에 어제 〈엄마 찾기〉 대본 리딩장에 참석했던 기자들이 네 명이나 되었지만, 절반은 유명우 감독의 작품을 선택했다.

사실 그들도 박아람의 대본 리딩 실력을 좋게 평가했지만, 흥행할 요소가 유명우 감독의 작품이 더 크다고 여기는 눈치였다.

도혁수 결정이 남았다

잠시 후.

배우들이 리딩장에 도착했다.

〈흑기사 아저씨〉에서 주인공 역할을 맡은 남자 주인공 서한빈을 비롯하여 아역 배우 정소아의 등장에 주위로 기자들이 몰려와 카메라 플래시를 터트리며 인터뷰를 갖게 되었다.

톱스타 서한빈은 잘생긴 얼굴에 서글서글한 성격으로 기자들의 인터뷰에 즐겁게 응했다.

"하하하! 저도 최선을 다해서 연기를 하겠지만 〈흥행 제조기〉로 알려진 유명우 감독님 아닙니까? 이번 영화도 반드시 천만 관객을 동원할 것이라 믿습니다!"

남자 주인공 서한빈의 말에 그를 둘러싼 기자들도 대부분

공감하고 있는 분위기였다.

그동안 만드는 영화마다 대박을 빵빵 터트렸던 유명우 감독이 메가폰을 잡은 것이다.

거기에 남자 주인공 서한빈은 외모도 끝내주고 연기력까지 뛰어난 배우였다.

또한 남자 주인공보다 살짝 비중은 적은 편이지만 수많은 아역 배우를 물리치고 공개 오디션을 통해 캐스팅된 아역 배우 정소아도 대중에 꽤 알려진 점에 모두의 기대 심리를 한껏 높여 주게 되었다.

"서한빈 오빠랑 함께 영화를 찍게 되어 너무 기뻐요! 열심히 할 테니 예쁘게 봐주세요! 헤헤!"

기자의 질문에 아역 배우 정소아는 살며시 혀를 내밀며 수줍은 미소를 지어 보였다.

다섯 살 무렵부터 아역 배우를 해온 정소아는 사람들이 혹할 만한 예쁘장한 외모이기도 했지만, 어떻게 해야 사람들이 자신을 예뻐하는지 잘 알고 있는 듯싶었다.

'이건 누가 봐도 성공할 영화다!'

'남자 주인공과 아역 배우, 정말 나무랄 데가 없는 조합이다.'

'이번 영화도 천만 관객은 너끈히 끌어들일 것 같지?'

앞서 〈흑기사 아저씨〉에 내기를 걸었던 기자들은 남자 주인공 서한빈과 아역 배우 정소아의 인터뷰를 따고 나자 더욱 영화가 성공할 것이라는 확신이 들었다.

바로 그때였다.

"오세라 회장님께서 오셨습니다!"

영화에서 중요한 비중을 차지하고 있던 남자 주인공과 아역 배우의 인터뷰가 끝난 순간, 절묘한 타이밍에 등장한 오세라로 인해 기자들이 카메라 플래시부터 터트려댔다.

찰칵찰칵! 번쩍번쩍!

수백억에 해당하는 명품 가방을 불태운 신을 집어넣는 핸드폰 광고를 제작했다가 대차게 말아먹고 대국민 사과문까지 발표했던 오세라였지만, 역시 태생이 금수저인지라 기자들을 대하는 그녀의 태도에선 한 치의 위축된 기색조차 찾아볼 수 없었다.

"오세라 회장님! 영화 사업으로 또다시 유토피아와 경쟁을 하게 된 상황이라고 알고 있습니다. 이 점에 대해 어떻게 생각하시죠?"

"호호! 생각하고 말고 할 것이 있나요? 우리 명성에서 제작할 〈흑기사 아저씨〉가 유명우 감독님이 찍는 영화잖아요. 이번에도 너끈히 천만 관객을 동원할 것이라 보는데 기자님 생각은 어떠세요?"

"저, 저도 이번 영화가 성공할 것이라고 여깁니다. 내기에서도 오 감독님 영화보다 유 감독님 영화 편을 들었으니까 말이죠."

"호호! 탁월한 선택이세요! 그럼 저기 유명우 감독님과 양재인 작가님이 오고 계시니 저에 대한 인터뷰는 이쯤 하도록 하죠."

오세라는 오히려 그녀에게 질문을 했던 기자에게 역으로 질문을 해서 기자를 당황하게 만들었다.

그런 오세라 태도에 기자들도 더는 그녀의 인터뷰를 따는 것을 그만두고 유명우 감독과 양재인 작가에게로 몰려들었다.

"유 감독님! 어제 스카이제작사에서 진행되었던 오승찬 영화감독의 〈엄마 찾기〉 대본 리딩이 상당히 호평을 받았다고 합니다. 이 점에 대해 어떻게 생각하시죠?"

"예상하고 있던 반응입니다. 오승찬 감독의 영화에 합류한 아역 배우 박아람 양은 실은 제가 먼저 찍었다가 놓치긴 했지만 성장 가능성이 매우 큰 아역 배우라고 생각합니다. 비록 우리 영화에 출연하지 못한 점은 아쉽지만, 박아람 아역 배우라면 충분히 그쪽 작품에서 기량을 발휘할 것이라 봅니다."

유명우 감독의 발언에 기자 하나가 눈빛을 빛내며 질문을 던졌다.

"혹시 유 감독님께선 여전히 박아람 아역 배우를 마음에 두고 계신 겁니까?"

"솔직히 말씀드리면 그런 점도 없잖아 있습니다. 하지만 공개 오디션으로 캐스팅된 정소아 아역 배우 역시 저희 영화에서 좋은 모습을 보여 줄 것이라 기대합니다."

유명우 감독의 인터뷰가 끝나자 이번엔 양재인 작가에게 도 질문이 이어졌다.

그런데 유명우 감독에게 원하는 대답을 얻어내지 못한 것에 기자들의 질문이 어딘지 노골적이었다.

"양재인 작가님이 보시기엔 박아람 아역 배우와 정소아 아역 배우 중에서 누가 더 작품의 분위기에 어울린다고 보십니까?"

"그건 노코멘트하겠습니다!"

"그렇다는 것은 박아람 아역 배우를 더 높게 평가하신다는 말씀이신가요?"

"흠흠, 정소아 아역 배우의 연기력이면 충분히 배역을 잘 소화해 낼 것이라 봅니다. 그리고 정소아 아역 배우가 있는 자리에서 이런 질문은 예의에 어긋난 질문 같군요. 그럼 인터뷰는 이만하시죠."

생김새는 얌전해 보이지만 한번 아니다 싶으면 거침이 없는 양재인 작가의 성격답게 기자들에게 한마디 쏘아붙이는 것을 잊지 않았다.

그렇게 인터뷰가 끝나자 유명우 감독은 양재인 작가와 함께 리딩 테이블로 움직였다.

그런 두 사람이 오세라 곁을 스쳐 지나갔지만, 유명우 감독과 양재인 작가는 오세라의 빤히 주시하는 시선을 보고도 일부러 무시하듯이 그녀 곁을 휙하니 지나쳐 리딩 테이블로 자리했다.

유명우 감독은 박아람 아역 배우를 영화에 출연시키지 못한 것에 오세라에게 앙심을 품고 있었고, 양재인 작가는 전에 술자리에서 오세라가 그를 무시한 것에 아직도 감정이 좋지 못했던 탓이다.

'하! 이것들이?'

오세라는 많은 사람들이 보는 자리에서 감독과 작가가 쌍으로 그녀를 무시하는 태도를 보이자 얼굴이 붉게 변했다.

하지만 여기서 두 사람과 언쟁을 벌였다간 기자들에게 가십거리만 던져 줄 테니 꾹 참았다.

"회장님! 선약이 있긴 하지만 배우들의 리딩을 좀 지켜보시다 나가시겠습니까?"

돌아가는 상황을 잠자코 주시하고 있던 도혁수가 일이 커지기 전에 눈치 빠르게 오세라를 밖으로 데려나갈 심산에 선약을 언급했다.

"아뇨, 시간도 없고 하니 그만 선약 장소로 움직이죠."

"알겠습니다."

안 그래도 감독과 작가의 태도에 짜증이 났던 오세라는 도혁수의 말에 더는 이곳에 있을 필요가 없다는 듯이 문 쪽으로 몸을 돌렸다.

그러자 오세라가 리딩장에서 사라지자 잔뜩 긴장하고 있던 조감독이 한숨을 길게 내쉬며 리딩 테이블에 모일 사람이 모두 모인 것에 얼른 대본 리딩 시작을 알렸다.

"지금부터 〈흑기사 아저씨〉 대본 리딩을 시작하겠습니다!"

❀

밤이 되었다.

〈흑기사 아저씨〉 대본 리딩도 모두 끝났다.

톱스타 남자 주인공 서한빈과 톱 아역 배우 정소아의 호흡이 좋아서인지 비교적 안정된 분위기 속에서 리딩을 끝낼 수 있었다.

기자들의 리딩 후기도 제법 좋게 올라왔고, 대중도 어제 먼저 대본 리딩을 가졌던 〈엄마 찾기〉 못지않게 뜨거운 관심을 보였다.

하지만 리딩이 끝나고 단둘이 술자리를 가졌던 유명우 감독과 양재인 작가의 표정은 그리 흔쾌한 기색이 아니란 점이었다.

유명우 감독과 양재인 작가는 친구 사이이기도 했지만 함께 영화를 찍게 된 것에 허심탄회하게 대본 리딩에서 느낀 부족했던 점을 털어놓았다.

"정소아 아역 배우에게서 뭔가 모르게 2% 부족한 느낌을 떨칠 수가 없단 말이지."

"명우 너도 그렇게 느꼈구나. 나도 그렇게 생각했는데."

"아이가 주눅 들어 본 경험이 없다는 것이 문제야."

"하긴 그동안 톱 아역 배우로 지내며 사람들에게 대우받아 왔을 테니까."

"영화에서 필요한 필을 이끌어내려면 지금 식으론 곤란해. 오늘 대본 리딩에선 그나마 서한빈 배우가 잘 커버를 쳐 주었지만 카메라 앞에서도 그런 식이라면 이번 영화…… 분명 한계가 있을 거야."

"그렇다고 다른 아역 배우로 교체를 할 수도 없잖아. 지금으로선 정소아 그 아이가 최선이니."

"그러니 속이 답답하다는 거야. 젠장! 박아람 아역 배우를 놓친 것이 너무 아쉽군. 그 아이라면 분명 내가 원하는 모습을 보여 주었을 텐데."

유명우 감독은 놓친 박아람이 자꾸만 마음에 남았다. 정소아 아역 배우와 자꾸 비교가 된 탓이다. 예쁜 척, 귀여운 척만 하던 영화를 찍던 정소아에겐 작품에서 요구하는 깊은 심연 같은 그늘이 없다는 것이다. 정소아 딴엔 어두운 분위기로 대사를 쳐도 진정한 먹먹함이 느껴지지가 않는다는 것이다.

물론 보통 아역 배우에 비해선 정소아의 연기력은 상당히 좋은 편이긴 했지만, 유명우 감독의 성에 차지는 못하다는 것이 문제였다.

"재인아, 우리 영화, 이대로 가도 괜찮을까?"

"명우 네가 찍는 영화이니 손익분기점은 충분히 넘길 수 있겠지만 네 마음이 문제지."

"휴우! 마음이 문제라……. 박아람 그 아이, 어제 〈엄마 찾기〉에서 제대로 보여 준 모양이던데."

"본래 놓친 고기가 더 커 보이는 법이긴 하지만…… 박아람 그 아이는 내가 생각해도 아깝긴 해."

"끄응! 이건 모두 오세라 회장 때문이야. 개뿔! 나한테 배역 선택권을 주면 뭐 해? 내가 그렇게 박아람을 원했는데도 콧방귀나 끼고 앉았는데!"

"명우 네 기분은 이해하지만, 유토피아랑 붙었다가 핸드폰 광고를 대차게 말아 먹고 심지어 대국민 사과문까지 발표했는데, 오세라가 그곳의 배우를 쓰고 싶겠어?"

"하여간 이번 영화 왠지 골치가 아플 것 같다. 괜히 두 기업의 싸움에 재인이 너까지 끼어들게 만든 꼴이야."

"걱정 마. 명우 네가 있는데 뭐가 걱정이야! 승찬이 녀석의 작품은 네 발끝에도 미치지 못할 테니 안심 붙들어 매셔!"

잔뜩 술에 취한 두 사람이 자리에서 일어났다.

양재인을 먼저 보낸 유명우 감독도 비틀거리며 택시에 몸을 실었다.

뭔가 이상하게 허전했다.

새로운 영화를 시작하면 느끼는 그런 설렘.

그것이 이번 영화에서는 없다는 것이다.

뭐가 문제일까.

박아람 아역 배우?

그 아이를 놓쳤기 때문일까.

이제까지 필이 꽂힌 배우들은 반드시 유명우 감독의 영화에 출연시킨 상황이었기에, 이번에는 그 룰이 깨진 셈이다.

그래서 그런지 이상하게 마음이 불안했다.

❈

한편, 기자들이 올린 〈흑기사 아저씨〉 대본 리딩 후기를 읽은 오세라는 자신도 모르게 손톱을 잘근잘근 깨물어 댔다.

어제 앞서 대본 리딩이 있었던 〈엄마 찾기〉에 비교해도 크게 부족함이 없는 호평에 가까운 기자들의 대본 리딩 후기였지만, 이상하게 그녀는 뭔가 부족함을 느낀 탓이다.

그러다 마지막 기자가 올린 리딩 후기를 눈으로 읽어 내려가던 순간 오세라의 눈빛이 파르르 흔들리고 말았다.

사실 유토피아 엔터 소속 배우들은 뭔가 모르게 특별함을 갖고 있다. 그 특별함이 유토피아 힐링센터에서 비롯된 것라는 말도 있지만, 하여간 대중이 유토피아 배우들에게 매료되고 있는 것은 바로 특별함이 아닐까 생각한다. 그런 의미에서 〈흑기사 아저씨〉에 캐스팅 된 정소아 아역 배우는 〈엄마 찾기〉에 캐스팅된 박아람 무명 아역 배우에 비해 예쁜 외모와 안정적인 연기력을 갖춘 톱 아역 배우로 인정을 받고 있음에도, 사람들을 홀리는 매력만 놓고 본다면 특별함이 부족하다고 느껴지는 바이다.

오세라가 손톱을 깨물어 대던 동작을 멈추고 이를 빠득 갈아 댔다. 뭔가 모르게 불안했던 그녀의 기분이 리딩 후기를 접하고 난 뒤에야 박아람 아역 배우로 인해서임을 깨달은 것이다.

박아람이 바로 유토피아의 아역 배우라는 점이 그녀의 마음을 불쾌하게 뒤흔들었다.

'특별함이라고?'

유토피아 생수 광고를 찍기 전까지만 해도 그저 평범한 버러지에 불과했던 아이가 하루아침에 특별한 아이로 둔갑했다.

'대체 유토피아에서 무슨 수작을 부렸기에 거렁뱅이 집안의 꼬맹이가 갑자기 톱 아역 배우에 준하는 특별한 재주꾼이 되었을까.'

비단 박아람 문제만이 아니었다.

그동안 유토피아에서 생산한 〈연예인〉 비누, 〈릴렉스〉 향수, 〈아우라〉 립스틱, 그리고 이번에 출시한 유토피아 생수까지…… 죄다 대중 사이에서 특별한 제품으로 각광받고 있었다.

거기에 유토피아 소속 연예인들도 마찬가지였다. 하나같

이 늘씬하고 예쁘고 재능까지 탁월하여 다른 연예인에 비해 특별함을 느끼게 해 주고 있었던 것이다.

'이건 아무리 생각해도 유토피아에 뭐가 있기는 있다는 의미야. 그런 점에서 유토피아에서 운영하는 힐링센터가 수상쩍기는 해.'

세간에 떠도는 소문도 그렇고, 오세라가 생각하기에도 유토피아 힐링센터에 그녀가 모르는 어떤 비밀이 숨겨져 있을 것만 같았다.

그렇지 않고는 말이 안 되었다.

그곳에 숨겨진 것이 무엇인지는 몰라도, 풍보 괴물 한여진이 유토피아 힐링센터를 거친 후에 최상급 아이돌로 둔갑한 것도 그렇고, 박아람이란 아역 배우가 단기간에 톱 아역 배우의 수준에 오른 것도 그러했다.

'유토피아 힐링센터를 한번 캐 봐?'

오세라는 욕심이 스멀스멀 일었다.

만일 유토피아 힐링센터에 세상 사람들이 모르는 뭔가 신비로운 것이 숨겨져 있다면, 그래서 그것이 유토피아를 승승장구 하도록 만들고 있는 것이라면 무슨 수를 써서도 그걸 꼭 그녀가 차지할 생각이다.

'이번 영화 사업도 왠지 불안해.'

오늘 명성에서 진행했던 〈흑기사 아저씨〉 대본 리딩에 대해 기자들의 후기가 호평 일색이기는 했지만 오세라는 그걸로 만족할 수 없었다.

마지막 기자의 후기에서 언급되었다시피 명성의 아역 배우가 유토피아 아역 배우에 비해 대중을 매료시킬 특별함이 없다는 것이 자꾸만 불길한 느낌을 갖게 해준 탓이다.

'유토피아 힐링센터에 잠입하려면 해결사의 도움은 필수겠지. 그리고 그런 일을 벌이려면 도 실장 모르게 움직여야만 할 거야.'

오세라는 이번 영화 사업만큼은 절대 잡음을 일으키지 말 것을 도혁수와 단단히 약속한 상태였다.

그랬기에 유토피아 힐링센터에 해결사를 잠입시키는 일은 도혁수와의 약속을 깨는 일이 된다. 게다가 일이 잘못되어 문제가 커질 경우 도혁수는 아무리 명성금융 총수의 지시가 있더라도 오세라를 진심으로 도와주려 들지 않을 것이다.

아직은 그녀에게 도혁수가 필요했다.

도혁수를 적으로 돌리는 것은 사업 경험이 부족한 그녀에게는 커다란 손해였다.

'그렇다고 이대로 손 놓고 있는 것도 답은 아니고. 만일 정말 유토피아 힐링센터에 뭔가 중요한 것을 숨겨 놓고 있다면……'

오세라는 손톱을 잘근잘근 물어뜯었다.

골머리 아프게 한참 동안 생각을 거듭했다.

그럼에도 시원한 해결책이 나오지 않았다.

오히려 생각할수록 유토피아 힐링센터에 미련만 커졌다.

그곳에 숨겨진 비밀이 과연 무엇일지 너무 궁금해서 미칠 지경이었다.

'이익! 나도 모르겠다. 일단 벌이고 나서 뒷수습은 그때 생각하도록 하자.'

결국 머리까지 쥐어뜯으며 열나게 고민하던 오세라는 결론을 내렸다. 도혁수 모르게 유토피아 힐링센터에 해결사를 잠입시키는 것으로 말이다.

사실 이건 도혁수와 했던 약속을 깨는 일이 되긴 했지만, 모든 것은 사업을 위해서라고 단정 지은 그녀는 마음먹은 김에 얼른 일을 저지르고자 했다.

드르륵!

서랍을 열었다.

그곳에서 대포 폰을 꺼냈다.

그녀가 평소 사용하는 핸드폰에 해결사를 고용했다는 정보를 남겨선 곤란했다.

─안녕하십니까, 아가씨! 한동안 연락이 뜸해서 저를 잊은 줄로만 알았습니다! 여신처럼 아름다운 외모는 여전하시겠죠? 한데 이번에는 무슨 일로 연락을 주셨는지 여쭤봐도 되겠습니까?

해결사 연락책 역할을 맡은 중년 사내 음성에서 아부 근성이 덕지덕지 붙어 있었다.

과거에 부친 오장환 덕분에 인맥을 튼 해결사 연락책이었다. 데리고 놀던 남자들이 진상을 부릴 경우 해결사를 통하면 쉽게 문제가 해결되었던 것이다.

물론 이번 일은 남자를 처리하는 일이 아니라 사업적인 목적으로 해결사가 필요했지만.

"사업적으로 비밀리에 진행할 일이 있어서 그러니 입도 무겁고 실력도 뛰어난 해결사가 필요해요."

–아하! 그러시군요. 근데 아가씨께서 직접 나서신 걸로 보아이번 일은 도 실장과 연관이 없는 일인가 보군요.

"맞아요. 이번 일은 절대 도 실장이 알아서는 안 되는 일이니 각별히 조심해야 할 거예요. 만일 도 실장에게 알려지면 그때는 죽음을 각오해야 할 거고요."

오세라의 협박성 발언에 중년 남자가 크게 당황했는지 헛기침을 흘리면서 대화를 이어나갔다.

–흠흠! 물론입니다! 유념하겠습니다! 하면 아가씨께서 의뢰하려는 일이 뭔지 여쭤봐도 될까요?

"일은 간단해요. 그냥 내가 말한 건물에 잠입해서 그곳에 숨겨진 중요한 무언가를 찾아오는 거예요."

오세라 말만 들으면 아주 쉬운 일 같았지만 세상사 결코 공짜로 돈을 주지는 않을 터였기에 중년 남자가 더욱 은밀한 음성으로 밀당하듯이 나왔다.

–그러니까 아가씨 말인즉, 건물에 잠입해서 숨겨진 것을 찾아오라는 말이로군요.

"그래요. 만일 그곳에서 중요한 물건을 찾아온다면 성공 보수로 두 배를 드리도록 하죠."

―혹시 중요한 물건이 무엇인지 알 수 있을까요?

"그건 나도 자세히 몰라요. 해결사가 직접 찾아봐야 할 거예요."

―흐음, 그렇다면 생각보다 간단한 일은 아니군요. 게다가 이번 일은 잠입에 능하고 입도 무거운 해결사를 고용해야 할 테니 말입니다. 그런 점에서 해결사 몸값이 상당할 텐데 괜찮겠습니까?

"돈은 얼마가 들어도 상관없어요. 대신 다시 한번 말하지만 이번 일은 도 실장 모르게 은밀히 진행되는 것이니 입단속이 아주 중요해요. 그러니 만일 내가 사주한 것이 드러날 경우 해결사만이 아니라 그쪽 목숨도 위험할 수 있다는 점을 명심해요."

―물론입니다! 이쪽 계통 일은 아가씨도 알다시피 신용이 무엇보다 중요한 일 아니겠습니까? 만일 아가씨가 사주한 일이 들통난다면 제가 알아서 저희 애들을 모두 묻어 버릴 테니 염려 마십시오.

"좋아요. 그렇게 말하니 일을 맡겨보죠. 잠입할 건물은 바로 유토피아 힐링센터예요."

―유토피아 힐링센터라면 요즘 엔터계에서 입소문이 자자한 곳이로군요. 경비가 꽤 삼엄할 것으로 아는데 그렇다면 고용

비용이 좀 더 비싸지겠는데요?

"얼마를 원하는지 말해 봐요!"

—A급 해결사를 투입해야 할 테니 선수금 5천에 잔금 5천! 도합 1억이 되겠습니다!

"돈은 걱정 말아요."

—그럼 내일 2호선 전철역 사물함 비번을 알려 드릴 테니 그곳에 선수금조로 현금 5천만 원을 넣어 주시면 됩니다. 그리고 일이 끝나면 잔금 5천을 더 준비하셔야만 할 겁니다.

"알았어요."

재력가 자제인 오세라였기에 1억은 그리 무리가 가지 않는 돈이었기에 그녀는 유토피아 힐링센터에 해결사를 잠입시키기로 했다.

한번 유토피아 힐링센터에 의혹을 느끼게 되자 도저히 가만히 있을 수가 없어졌다.

❋

한편 도혁수.

오세라 딴엔 은밀하게 움직였다고 생각했지만, 명성 정보팀을 장악하고 있던 도혁수를 너무 쉽게 생각한 것이 문제였다.

게다가 도혁수는 국내에서 제법 알아주던 해결사 고용업체와도 끈이 닿아 있었다.

그랬기에 오세라가 해결사를 고용한지 반나절도 되지 않아서 그녀가 계획한 일이 모두 도혁수에게 전달되었다.

─오세라 회장님이 유토피아 힐링센터에 해결사를 잠입시키고자 한다는 정보입니다.

"그래?"

─어떻게 할까요? 명령만 내리시면 즉각 해결사를 처리토록 하겠습니다.

"흐음."

도혁수는 오세라가 자신과 했던 약속을 어기고 함부로 움직인 상황에 눈빛이 얼음처럼 차가웠다.

잠시 침음을 삼키던 도혁수는 자신의 지시를 기다리고 있던 정보원을 향해 말했다.

"고용한 해결사의 등급은?"

─A급 해결사로 이쪽 계통에서 나름 잠입에 능한 존재로 압니다.

"그럼 그냥 놔둬."

─알겠습니다.

도혁수는 오세라가 멋대로 해결사를 사주한 것에 화는 났지만 그냥 지켜보기로 했다.

안 그래도 도혁수도 유토피아 힐링센터에 의혹을 느끼고 있어 그곳을 조사할 마음을 먹고 있던 터였다.

만일 오세라가 고용한 해결사가 A등급이 아닌, 수준이 한참 떨어지는 해결사를 고용했다면 당장 잡아서 처리토록 했을 것이다.

하지만 오세라는 자신과의 약속을 어겼다.

그에 대한 대가는 반드시 치르게 만들 것이라 다짐했다.

❀

밤이 깊어 갔다.

유토피아 회사 건물.

10층짜리 건물 중에서 유토피아 힐링센터가 위치한 곳은 바로 6층이었다.

직원들이 모두 퇴근한 시간.

6층 화장실에 숨어 있던 사내.

상하의 흑색 작업복에 모자를 깊숙이 눌러쓴 삼십대 사내가 화장실에서 나왔다.

사내는 바로 오세라가 고용한 A급 해결사였다.

그는 낮에 유토피아 건물을 찾아와 용의주도하게 미리 CCTV가 설치된 곳들을 죄다 파악한 후였기에, CCTV의 사각지대로만 움직일 수 있었다. 그러고는 힐링센터에 잠입하기 위해서 6층 화장실에서 밤이 되기까지 숨어 있던 상태였다. 용변은 화장실 안이니 쉽게 해결할 수 있었고, 먹을 것과 물도 준비해 온 상태였다.

사내가 어두운 복도를 조심스레 움직이다가 힐링센터 문 앞에 이르자 발을 멈춰 섰다.

그런 사내의 눈빛이 흔들렸다.

'이곳이 정말 힐링센터 맞나?'

세간에 퍼진 힐링센터에 대한 소문도 그렇고, 이곳에 잠입하는 데 1억이나 받기로 했던 상황치고는 힐링센터 입구의 분위기가 너무 평범했다.

적어도 중요한 뭔가가 숨겨진 곳이라면 응당 경비가 삼엄할 것은 당연했다.

'혹시 허허실실 전법인가?'

입구의 문이 잠긴 상태이나 문 따는 기술이 능한 사내의 실력으론 식은 죽 먹기나 다름없었다.

그렇게 금방 입구의 문을 따고 힐링센터 안으로 잠입한 사내는 살금살금 실내를 돌아다니면서 탐색에 나섰다.

뜻밖에도 힐링센터 안에는 CCTV가 설치되지 않았다는 것을 확인한 사내는 마음 놓고 힐링센터 안을 활보하게 되었다.

고급스러운 피트니스 센터와도 같은 분위기였는데, 다른 점은 운동기구는 보이지 않고 세 군데 명상실만이 구비되어 있다는 것이다.

제1 명상실부터 제3 명상실까지.

힐링센터의 용도가 명상실에서 명상을 하는 것이 주요 목적임을 간파한 사내의 눈빛이 반짝거렸다.

'중요한 물건이 있다면 명상실 안에 보관하고 있을 거야.'

그렇게 긴장된 침을 삼킨 해결사 사내가 살금살금 명상실 탐색에 나섰지만, 세 곳의 명상실마다 죄다 벽에 가습기처럼 생긴 것과 모래시계만 구비되어 있을 뿐, 특별한 것은 아무 것도 없는, 텅 빈 실내의 상태라고 보면 되었다.

'힐링센터 안에 숨겨 놓은 중요한 것을 찾아오면 두 배로 보수를 준다고 했지만…… 뭐가 있어야 말이지.'

명상실 안에 놓인 모래시계를 물끄러미 바라보던 사내는 결코 모래시계가 중요한 물건으로 보이지는 않았지만 빈손 으로 나가기는 뭣했고, 게다가 혹시 모르는 일이기에 모래시 계를 품안에 집어넣었다.

그렇게 제1 명상실부터 제3 명상실까지 모두 세군데 명상 실을 돌면서 3개의 모래시계를 훔친 사내가 드디어 명상실에 서 나왔다.

그러고는 미련이 남자 이번엔 힐링센터 안의 휴게실을 비 롯하여 탈의실과 샤워실까지 차례대로 탐색했지만 중요한 물건이다 싶은 특별한 것을 발견할 수가 없었다.

'이런 곳이 왜 그렇게 소문이 난 건지 이해할 수 없군.'

힐링센터에 몰래 잠입했던 해결사 사내는 모래시계 3개를 훔쳤을 뿐, 결코 이곳에 숨겨진 비밀을 찾아내지 못하고 떠 나게 되었다.

다음 날 아침 회사로 출근한 석기.

보안팀장을 통해 석기는 6층 힐링센터의 명상실 안에 있던 모래시계들이 모두 사라졌다는 보고를 받고는 어이가 없었지만, 속으로 이런 일이 왜 벌어졌는지 짚이는 구석은 있었다.

'대체 명상실의 모래시계는 왜 훔쳐 간 건지 몰라도, 힐링센터에 잠입한 도둑놈은 필시 명성에서 사주한 해결사일 확률이 높다.'

석기는 일단 보안팀장이 가져온 영상 파일을 확인해 보기로 했다.

힐링센터 입구의 천장 안.

그곳에 사람들이 전혀 눈치채지 못하도록 천장 안쪽에 은밀히 매립한 최첨단 특수 CCTV가 한 대 설치되어 있었다.

그랬기에 복도에서는 아무리 살펴봐도 CCTV가 숨겨진 것을 눈치채지 못할 터였다.

유토피아 힐링센터.

세간에 입소문이 자자한 곳이다 보니 많은 사람들이 궁금증을 갖고 있을 터.

특히 유토피아를 원수처럼 여기는 명성미디어에서는 힐링센터에 더 많은 궁금증을 갖고 있을 것이다.

하지만 제 아무리 능력이 뛰어난 해결사를 힐링센터에 잠입시켜도 결코 원하는 목적은 달성하지 못할 터.

왜냐하면 힐링센터의 정수나 다름없는 가습기에서 뿜어져 나오는 '성수 안개'는 석기의 의지 발현으로 이루어지는 일이자 세상천지에 그만이 해낼 수 있는 일이다.

다시 말해 힐링센터를 지키기 위한 보안이 전혀 필요가 없는 상황이라는 것이다.

물론 힐링센터 입구 천장 쪽에 은밀히 매립한 특수 CCTV가 있긴 했지만, 그건 따지고 보면 보안을 위한 용도보다는 힐링센터에 잠입할 도둑놈이 대체 어떻게 생긴 놈일지 얼굴이나 확인해 보겠다는 요량으로 설치한, 일종의 궁금증 해소용이라 봐도 좋았다.

하지만 보안팀을 설득시키려면 보통 CCTV로는 곤란했기에 6층에 딱 한 대 설치한 CCTV였기에 고가의 특수 CCTV를 천장 안에 매립한 셈이기도 했다.

"새벽 1시경에 도둑이 힐링센터에 잠입을 시도했습니다."

보안팀장의 긴장한 목소리에 석기가 모니터에 비친 사내를 확인했다.

상하의 흑색 복장에 얼굴을 가리고자 모자를 깊숙이 눌러쓴 사내가 힐링센터 문을 따고 안으로 들어가는 모습이 CCTV에 찍혔다.

"도둑은 처음에는 6층 화장실 안에 숨어 있다가 직원들이

모두 퇴근한 새벽 시간을 이용하여 힐링센터 안에 잠입한 것
으로 보입니다."

보안팀장은 힐링센터에 도둑이 잠입한 것에 바짝 군기 어
린 기색으로 석기를 대했다.

　[천장에 매립한 CCTV가 있어서 정말 다행이다. 만일 그
것마저 없었더라면 도둑이 힐링센터에 잠입한 것을 까맣게
몰랐을 터. 이번 기회에 6층 보안을 위해 CCTV를 몇 대 더
설치하자고 건의해야겠다.]

이번 일로 크게 경각심을 가진 탓인지 보안팀장의 불안한
속마음이 들렸다. 사실 힐링센터에서 훔쳐 갈 것이 전혀 없
었기에 CCTV를 다는 것이 무용지물에 불과한 일이었지만,
그걸 차마 보안팀장에게 밝힐 수는 없었기에 석기는 그의 속
내를 모른 척 대화를 이어 나갔다.

"흠흠, 모래시계 이외에 다른 분실한 것이 더 있나요?"

"그건 아닙니다만, 이번 일도 있고 하니 앞으로 6층 보안
을 위해 일반 CCTV를 몇 대 더 설치하는 것은 어떨까 싶은
데요."

석기가 고개를 저었다.

보안팀장 마음은 충분히 이해되지만 솔직히 6층에 CCTV
를 설치하는 것은 쓸모없는 짓이었기에.

"아닙니다. 천장 안에 설치한 CCTV만으로 충분하니 걱정 마세요. 앞으로도 이런 일이 벌어지면 당황하지 마시고 지금 처럼 보고만 해 주시면 됩니다. 그리고 분실한 모래시계는 관리팀에 연락해서 다시 채워 놓으면 될 테니 팀장님은 신경 쓰지 않으셔도 됩니다."

"아, 알겠습니다."

"그리고 이번 일은 보안팀장님만 알고 계시는 것이 좋겠습니다. 물론 앞으로도 힐링센터에 관한 보안 문제는 계속 팀장님만 믿고 있을 테니까요."

"감사합니다, 대표님! 충성을 다해 맡은 바 책임을 다하겠습니다!"

"하하! 그만 나가 보세요."

대표실에서 나온 보안팀장.

안도의 한숨을 길게 내쉬었다.

힐링센터에 도둑이 잠입을 해서 모래시계를 3개나 훔쳐 간 일이 벌어졌음에도 대표에게 어떤 문책도 받지 않고 조용히 끝난 것이다.

전에 근무하던 곳과 비교하면 이곳은 그야말로 천국이나 다름없었다. 전의 근무지에서는 이런 일이 벌어졌다면 사장의 구둣발에 정강이가 퍼렇게 멍이 들도록 조인트를 까였을 테니까.

※

　유토피아 건물 옥상.

　그곳으로 박창수를 불러낸 석기.

　아까 보안팀장에게 받은 영상 파일을 핸드폰에 담아 온 석기가 그걸 박창수에게 보여 주었다.

　"힐링센터에 도둑이 들어왔다고?"

　"그래, 네가 보기엔 어때?"

　보안팀장의 입단속을 시켰기에 힐링센터에 해결사가 잠입한 것은 아직 회사에 알려지지 않았다.

　영상에 나온 사내를 잠시 살펴보던 박창수가 눈을 반짝였다.

　"흐음, 이놈 보통 좀도둑은 아닌 것이 분명해. 그렇다면 누군가 일부러 힐링센터를 염탐하고자 해결사를 사주했다는 건데."

　"내 생각도 그래."

　"짚이는 구석은 있고?"

　"명성에서 한 짓일 확률이 백 퍼센트."

　"동감!"

　박창수가 힘차게 고갤 끄덕였다.

　유토피아 힐링센터를 염탐 하고 싶어 하는 기업들 중에서 가장 의심이 가는 곳은 당연히 명성미디어였다.

그곳의 회장인 오세라는 탐욕도 많은 데다가 집착도 강하고, 무엇보다 이번 영화 사업에서 꼭 성공하고 싶을 테니 유토피아의 힐링센터를 눈엣가시처럼 여기고 있을 것이다.

"근데 모래시계는 왜 훔쳐 갔을까?"

"그건······."

박창수의 시선에 잠시 말끝을 흐리던 석기.

해결사가 괜히 힐링센터에 잠입했을 리는 없다.

그렇다는 것은 힐링센터 안에 숨겨 놓은 뭔가를 찾아오라는 의뢰를 받았을 터.

물론 해결사가 모래시계를 훔쳐 간 것은 헛다리에 불과했지만.

"도둑놈이 모래시계가 탐이 났던 모양이지."

"하긴 내가 보기에도 모래시계가 좀 고급스러워 보이긴 하더라."

"혹시 이런 일이 생길까 싶어 모래시계를 여러 개 구매해 놓기를 잘했네."

"하하! 역시 대표님이라 그런지 선견지명이 남다르다니까."

석기의 말도 안 되는 거짓말에도 박창수가 웃으며 맞장구를 쳐 주었다. 언제나 석기를 믿고 따르는 박창수의 마음이 고마웠다. 그가 팥으로 메주를 쏜다 해도 믿어 줄 친구가 곁에 있다는 것은 참으로 행복한 일이었다.

한편, 오세라.

유토피아에선 힐링센터에 잠입한 해결사 문제가 조용히 넘어갔지만, 힐링센터에 해결사를 사주했던 오세라는 오히려 의문이 더욱 증폭되었다.

-소문과는 달리, 아무것도 없는 명상실이 세 군데 있을 뿐이었습니다. 말씀하신 중요한 물건을 찾고자 힐링센터 안을 샅샅이 뒤져 봤지만 명상실 안에 있는 것이라곤 모래시계가 전부였습니다. 혹시 도움이 될까 싶어서 훔쳐 온 것이니 감별해 보시고 연락 주십시오.

유토피아 힐링센터에 잠입시킨 해결사의 보고를 들었지만 속만 더 답답해졌다.

'아무리 살펴봐도 이건 평범한 모래시계에 불과해.'

오세라는 해결사가 전철 사물함에 넣어 놓은 모래시계를 집으로 가져와서 꼼꼼히 살펴봤지만 그저 평범한 모래시계에 불과하다는 것에 얼굴이 붉게 변했다.

'이익! 건진 것은 하나도 없이 돈만 1억을 날려 버렸어!'

그나마 한 가지 위안을 삼자면 유토피아 힐링센터에 해결사를 몰래 잠입시킨 일이 도혁수 귀에 들어가지 않았다고 여겼기에 안심은 되었다.

'대체 아무것도 없다는 명상실에서 뭔 짓을 했기에 뚱보괴

물 한여진이 그렇고 변신한 건지⋯⋯.'

오세라로선 아무리 머리를 싸매고 골백번을 생각해 봐도 유토피아 힐링센터에 숨겨진 비밀을 밝혀낼 수가 없었다.

그러던 순간.

'가만? 혹시 모래시계의 모래에 비밀이⋯⋯?'

갑자기 떠오른 생각에 오세라는 모래시계를 골프채로 박살을 내고는 바닥에 쪼그리고 앉아 흩어진 모래를 살피듯 찬찬히 훑어보았다.

그렇게 3개의 모래시계를 박살을 내서 살펴봤지만 혹시나 싶었던 생각과는 달리 그저 평범한 모래에 불과했다.

"빌어먹을!"

그만 헛짓거리를 했다는 생각에 거친 상소리가 오세라 입에서 터져 나왔다.

유토피아 힐링센터에 숨겨진 비밀을 너무도 알고 싶었기에 해결사까지 사주하여 그곳에 몰래 잠입을 시켰지만 말짱 무용지물이었다.

❀

저녁 무렵.

오세라가 사주한 해결사가 유토피아 힐링센터에 잠입해서 모래시계를 훔쳐 왔다는 소식은 도혁수에게도 전달이 되었다.

-해결사가 그곳에서 모래시계를 훔쳐 왔나 봅니다.

"역시 A등급 해결사답게 들키지 않고 몰래 잠입에 성공했나 보군. 한데 모래시계에 어떤 의미가 있기에 그걸 훔쳐 온 거지?"

-아마 오 회장이 힐링센터에 숨겨진 뭔가를 찾아오라는 의뢰 때문에 해결사가 모래시계를 들고 나온 듯싶습니다.

"그렇다면 오 회장 성격에 모래시계에 대한 확인 작업을 반드시 했을 것이라 보는데."

지금 도혁수와 통화를 나누고 있는 하수인은 도혁수가 부리는 하수인 중에서 가장 서열이 높은 자로, 여러 하수인들을 통해 얻은 정보를 취합하여 도혁수에게 보고하는 중간 역할자라 보면 되었다.

참고로 도혁수가 부리는 하수인 중에는 오세라 집에 상주하는 고용인도 포함되어 있어 오세라가 벌이는 일들에 대해 속속들이 도혁수 귀에 들어올 수가 있었다.

-오 회장이 골프채로 모래시계를 박살까지 내서 안에 들어 있던 모래를 샅샅이 살펴본 모양이지만, 돌아가는 분위기로 봐선 모래시계에서 건진 것이 전혀 없나 봅니다.

"하긴 유토피아 대표도 생각이 있는 사람일 테니 중요한 것이 있다면 그렇게 쉽게 훔쳐 가도록 두지는 않았을 거야. 당분간 계속 오 회장이 무슨 짓을 더 벌일지도 모르니 철저히 감시하는 것이 좋겠어."

-알겠습니다.

하수인과의 통화가 끝난 도혁수.

오세라가 사주한 해결사가 유토피아 힐링센터에서 훔쳐 온 모래시계에서 아무것도 건진 것이 없다는 점에 의문이 증폭되었다.

'어쩌면 힐링센터 안에 숨겨진 무언가는 일반적인 상식을 뛰어넘는 뭔가 아주 특별한 것일 수도…….'

여기까지 생각이 미치자 도혁수는 불현듯 전에 명성금융 총수와 나누었던 얘기가 떠올랐다.

과거에 천운그룹에서 연구하던 프로젝트의 핵심 물질. 흐르는 세월 속에 이제는 사람들 기억에서 까맣게 사라진 일이나 주현문은 여전히 천운그룹에서 연구하던 핵심 물질에 대해 욕심을 버리지 않고 있었다.

'핵심 물질이 푸른 구슬처럼 생긴 것이라고 했는데…….'

손가락으로 테이블을 톡톡 두드리며 한참 동안 생각에 잠겼던 도혁수의 눈빛이 파랗게 반짝였다.

'만일 유토피아 신석기 대표가 과거에 교통사고로 죽은 천운그룹 회장의 혈육이라고 가정한다면…….'

물론 과거에 천운그룹 회장의 아들은 어릴 때 명성금융 총수 주현문이 사주한 해결사에 의해 납치당했다가 폐건물에 갇혀 불에 타서 죽은 것으로 밝혀졌다.

그런데 그때 당시 주현문은 해결사의 말만 듣고는 아이의

시신을 직접 확인해 보지 않은 상태로 납치 사건을 은폐하고
자 불에 탄 폐건물을 밀어 버리고 그곳에 건물을 세웠다.

'하지만 아이 혼자의 힘으로는 설령 핵심 물질을 갖고 있
다고 해도 그걸 감당하지 못했을 거야. 푸른 구슬처럼 생긴
핵심 물질을 부모에게서 받았다면 아이는 그걸 어떻게 처리
했을까.'

이건 순전히 천운그룹의 회장 아들이 죽지 않고 살아 있을
경우를 가정한 내용이었기에 현실성이 없을 수도 있지만, 그
래도 도혁수는 만에 하나를 놓고 상념에 상념을 거듭했다.

그러다 무심코.

상념에 잠긴 도혁수의 눈이 테이블에 놓인 유토피아 생수
로 향한 순간.

'혹시 핵심 물질이 물에 반응한다면……?'

과거에 천운그룹 회장 부부가 핵심물질을 처음 발견한 장
소가 바로 마야 유적지였고, 푸른 구슬을 발견한 장소는 지
하수가 있는 곳이었다. 그걸 떠올린 도혁수는 온몸에 전율이
일었다.

'만일 천운그룹 회장 부부가 아이가 납치되기 이전에 이미
핵심 물질을 아들 손에 넘긴 경우라면. 그래서 화재가 일어
난 폐건물에 갇힌 아이이지만 인간의 생명 연장과 연관이 있
는 핵심 물질에 노출된 덕분에 죽지 않고 살아남을 수 있었
다면. 그리고 그 아이가 자라서 핵심 물질을 이용하여 사업

을 벌인 경우라면⋯⋯.'

가정이 진실이 될 경우.

'내게 기회가 될 수도 있다.'

핵심 물질은 과학적으로 설명이 되지 않는 특수 물질일 수도 있다. 그래서 그것이 들어간 제품들은 사람들에게 신비로운 효과를 가져다주지만, 어떤 검사를 해도 성분이 전혀 검출되지 않을 수도 있다.

그 예로 유토피아 생수.

성분 검사를 해 봤지만 보통 생수에 불과했다.

그럼에도 유토피아 생수는 일반 생수와는 다르다는 것.

사람을 건강하게 만들어 준다.

음식을 먹을 때 유토피아 생수를 마시면서 음식을 취하면 에너지는 고스란히 인체를 위해 쓰이지만, 신기하게도 살은 찌지 않는다.

또한 유토피아 생수를 마시면 병든 인체의 장기를 회복 시켜주며 손상된 체력을 복구해 준다.

이것만이 아니었다.

유토피아에서 생산한 모든 제품들이 사람들에게 상당한 도움이 되고 있다는 것이다.

'유토피아 생수의 원천이라 볼 수 있는 양평 야산의 옹달샘. 가정이 진실이라면 그곳에 연구소를 세운 것도 모두 이유가 있는 일일 터. 어쩌면 구민재 팀장이 그곳에서 연구하고 있던 것이 주현문 총수가 찾고 있던 핵심 물질이 아닐까 싶지. 그리고 그 핵심 물질을 구민재 팀장에게 건넨 인물이 바로 유토피아 대표라면…….'

도혁수가 거머쥔 주먹을 부르르 떨었다.

생각하면 할수록 기가 막혔다.

마치 퍼즐이 제자리를 찾듯이.

상념이 거듭될수록 유토피아 대표 석기가 천운그룹 회장의 아들일 것이라는 심증이 더욱 확고해졌다.

마야 유적지.

그곳에서 발견했던 푸른 구슬.

베일에 가려졌던 구슬의 신비로운 능력을 만일 유토피아 대표 석기가 벗겨 냈다면.

'주현문 총수가 어떻게 나올지는 불을 보듯이 뻔하다.'

과거에 주현문 총수는 사리사욕을 채우고자 정부의 수뇌부와 손을 잡고 천운그룹 회장 아들을 납치하는 데 앞장섰고, 나중에는 사건을 은폐하고자 아이가 갇힌 폐건물까지 불태운 인물이었다.

그랬는데.

죽었다고 여긴 아이가 유토피아 대표란 것이 밝혀지고, 심지어 그가 핵심 물질을 이용한 사업으로 승승장구하고 있다는 것이 밝혀진다면, 핵심 물질에 욕심도 날 것이고 과거의 사건을 은폐하기 위해서라도 반드시 석기를 죽이고자 나올 것이다.

'이제부터 내가 어떻게 하느냐에 따라 유토피아 대표의 목숨이 위험해질 수도 있고, 아니면 그를 구할 수도 있을 거야.'

도혁수는 이제까지 주현문 총수의 지시라면 무엇이든지 따를 정도로 충견 노릇을 해 왔다.

하지만 룸살롱 문제로 오세라와 반목했을 때 총수의 진정한 마음을 눈치채게 되었다.

그는 언젠가 버려질 패임을.

그리고 정말 중요한 진실.

은인으로 생각했던 주현문 총수가 도혁수의 원수라는 것.

오늘날 명성 정보팀이 국내에서 최고의 정보 장악력을 갖게 된 것도, 따지고 보면 도혁수가 어린 시절에 자신을 보육원에 버렸던 부모를 찾고 싶다는 일념에서 악바리처럼 정보팀을 키워 온 결과였다.

세상사 요지경이란 말이 맞았다.

우연치고는 정말 묘한 일이나 룸살롱 일로 오세라와 반목을 하게 된 타이밍에, 도혁수가 그토록 찾고 싶었던 정보를 얻게 되었으니 말이다.

도혁수 집안의 과거 비사.

다섯 살 때 도혁수는 보육원에 버려졌고, 그 일에 주현문 총수가 연관이 있음이 밝혀졌다.

한 가정을 풍비박산을 내 버렸다.

주현문은 도혁수의 부친이 했던 사업을 노리고 일부러 그곳을 망하게 만들어 놓고 나중에 헐값에 사들여서 회사를 꾸리게 된 것이다.

명성이라는 상호.

그것이 도혁수 부친이 세상에 세운 회사의 상호였던 것이다.

차명성이란 아들의 이름자.

그것에서 기인한 회사 상호였다.

하지만 다섯 살 때 보육원에 버려진 충격에 도혁수는 자신에 관련한 모든 기억을 잃게 되었고, 그래서 원장이 지어 준 도혁수란 이름으로 살게 되었다.

그런데 회사를 뺏긴 것만이 전부가 아니란 것이다.

도산 직전에 처한 회사를 살리고자 돈을 구하러 다니던 도혁수의 모친이 뺑소니 사고로 죽게 되었고, 도혁수의 부친은 아내도 죽고 회사도 망하자 세상에 미련을 버렸다.

하지만 도혁수 부친은 차마 아이까지 저세상으로 데려가는 것은 마음에 걸렸던지, 아이를 보육원에 버리고는 그 길로 산속에 들어가서 나무에 목을 매달아 자살했다.

그런 비사를 까맣게 모르고 있던 도혁수는 보육원에서 독립할 무렵 손을 내밀어 준 주현문 총수를 은인처럼 여겨 죽으라면 죽는 시늉까지 하면서 충견처럼 지냈다.

그랬는데.

뒤통수를 너무 화려하게 까였다.

주현문 총수가 도혁수 집안의 원수라는 것을 알게 되었을 때는 정말이지 죽이고 싶었다.

하지만 총수를 죽이는 것으론 성이 차지가 못했다.

그리고 무엇보다 아직은 주현문 총수의 힘이 도혁수보다 강하다는 것에 도혁수는 복수의 칼을 갈면서 때를 기다렸다.

그러던 차에.

주현문 총수가 도혁수에게 천운그룹에 얽힌 과거사를 털어놓았고, 핵심 물질을 찾아내기를 원했다.

때를 기다려 온 도혁수에게 총수가 알아서 기회를 제공했다.

핵심 물질을 찾아낼 경우.

도혁수는 그걸 이용하여 주현문 총수에게 복수를 할 계획이었다.

'만일 유토피아 신석기 대표가 정말로 천운그룹의 혈육이라면……'

유토피아의 대표 역시 도혁수와 마찬가지다.

주현문 총수의 욕심을 채우기 위한 희생양.

도혁수의 일은 정부가 개입이 되지 않았다는 차이는 있지만, 아무튼 두 집안을 풍비박산을 내 버린 일에 주현문 총수가 연관이 있다는 것이 중요했다.

'어쩌면 유토피아 대표는 나보다 일찍이 주현문 총수가 저

지른 일들을 알고 있었을 수도 있다.'

그동안 유토피아가 명성을 상대로 경쟁을 벌였던 일은 결코 우연이 아닐 수도 있다.

그것이 모두 유토피아 대표의 의도로 벌어진 일이라면.

그래서 명성미디어가 망한다면.

다음 타깃은 주현문 총수가 될 터.

'나와 같은 목적을 가진 유토피아 대표와 손잡는다면 보다 완벽하게 주현문 총수에게 복수를 할 수 있을 터.'

하지만 도혁수가 유토피아 대표와 손잡기 이전에 확실한 검증이 필요했다.

정말로 핵심 물질을 소유하고 있는지. 그것의 파악부터 할 필요가 있었다.

웅웅!

핸드폰이 진동음을 토해 냈다.

상념에 젖었던 도혁수가 핸드폰 액정을 확인했다.

이번의 연락은 양평에 있는 유토피아 연구실에 붙여 놓았던 하수인에게서 온 전화였다.

명성 정보팀은 두 파트로 나뉜다.

사무실에서 정보를 취합하는 역할을 맡은 내부 업무 파트와, 바깥에서 비밀리에 첩보원처럼 활동하는 외부 업무 파트.

그런 점에서 아까 연락을 했던 하수인과 지금 연락한 하수인은 외부 업무 파트인 셈이었다.

명성 정보팀은 도혁수의 힘이다.

명성금융 총수 주현문이 속으론 도혁수를 소모품에 불과한 존재라고 업신여기고 있음에도 불구하고 그를 계속 옆에 두고 있는 이유도 바로 명성 정보팀에서 도혁수가 차지하는 비중 때문이었다.

정보팀에 속한 이들 대부분이 도혁수의 지시를 철칙으로 여기고 있었으니 말이다.

그걸 익히 알고 있기에 총수 주현문도 권력을 앞세워 명성 정보팀을 얼마든지 강제로 장악할 수 있음에도 그러지 않고 있는 것이다.

총수가 정보팀의 수장이 되는 것보단 도혁수를 중간에 기용하는 편이 여러모로 유리했기에 말이다.

-오늘 유토피아 신석기 대표가 양평 연구실을 방문했습니다. 구민재 연구팀장과 단둘이 사무실에서 주고받은 대화를 녹음 땄습니다.

"어떤 내용이지?"

-신석기 대표가 구민재 연구팀장에게 뭔가를 건네러 왔던 모양입니다. 근데 두 사람의 대화 내용을 보건대 신석기 대표가 구민재 연구팀장에게 건넨 것이 사업에 매우 중요한 것으로 여겨집니다.

"지금 녹음 파일을 보내. 직접 확인해 볼 테니."

-알겠습니다.

상대와 통화를 끝낸 도혁수.

이어 하수인이 보낸 녹음 파일이 도착했다는 메시지에, 도혁수는 얼른 핸드폰을 조작해서 녹음 파일을 확인하기 시작했다.

　

　-대표님! 유토피아 생수 다음으로 개발할 제품으로 마스크 팩을 생각하고 있습니다.

　-그렇다면 시중에 나온 마스크 팩과 차별화가 필요할 테니 마스크 팩에 들어갈 성수의 비율을 한 단계 높이는 것도 괜찮겠군요.

　-성수의 비율을 한 단계 올리면 단번에 효과를 볼 수 있겠군요. 한데 성수가 떨어져서 보충이 필요하겠습니다.

　-이거 받으세요. 안 그래도 성수가 떨어진 듯싶어서 가져왔는데 잘 되었군요. 이번 성수는 농도가 짙을 테니 제품에 10%만 풀어도 큰 효과를 보게 될 거라고 봐요.

　-감사합니다, 대표님!

　-어련히 잘 알고 계시겠지만 성수에 대한 비밀은 세상에서 구 팀장님과 저만 아는 일이니 정보가 새어 나가지 않도록 각별히 조심하세요.

　-넵! 유념하겠습니다!

　

유토피아 대표 석기와 구민재 연구팀장의 대화 내용을 들은 도혁수는 가슴이 두근거렸다.

대화에 등장하는 성수.

그것이 어쩌면 핵심 물질이 아닐까 싶었다.

❉

한편, 청담동 오피스텔.

오늘 야산의 연구소를 방문했다가 이제야 집으로 돌아온 석기였다.

블루문을 취한 석기다.

그런 그가 구민재의 개인 연구실에 도청기가 숨겨진 사실을 알아채지 못할 리가 없었다.

그럼에도 성수를 언급한 것.

그건 도혁수의 귀에 들어가라고 일부러 꺼낸 말이다.

세간에선 도혁수를 명성금융 총수 주현문의 개로 일컫고 있지만 석기의 생각은 달랐다.

룸살롱의 일로 명성미디어 오세라와 사이가 벌어졌다가 명성금융 총수 주현문의 중재로 도혁수가 이번 영화 사업을 오세라와 함께 진행하게 되었지만, 도혁수는 영화의 성공을 위해서 전력을 다하지 않고 있다는 것을 익히 눈치챌 수 있었다.

유명우 영화감독에게 배역 선택권을 일임한 상태임에도

오세라가 아역 배우 박아람을 캐스팅하려던 것을 막은 것에 도혁수는 별다른 행동을 보이지 않았다.

표면적으로는 박아람이 유토피아 소속 아역 배우라는 이유로 도혁수가 나서지 않았다고 볼 수도 있지만, 도혁수가 딴마음을 품고 있을 수도 있다는 점.

그런 생각을 하게 된 것.

블루의 정보망을 통해 도혁수에 관한 뜻밖의 정보를 입수한 탓이다.

─마스터! 명성금융 총수 주현문의 충견으로 불리던 도혁수의 가족에 관한 뜻밖의 정보를 입수했습니다.

─정보의 내용이 사실로 판명된 이상, 도혁수는 주현문 총수에게서 돌아설 것으로 판단됩니다.

─도혁수에게 기회를 한번 줘 보는 것도 좋겠습니다.

석기는 블루의 제안을 받아들였다.

그래서 오늘 양평 연구소를 찾아갔다.

그곳에 도청기가 설치된 것을 알고도 '성수'를 언급했다.

도혁수는 명성 정보팀을 통해 이미 석기에 대한 정체를 어느 정도 파악했을 것이라 판단되었고, 도혁수와 정말 한편이 되기 위해선 석기로서도 확실한 검증이 필요했다.

─도혁수가 녹음 파일을 확인하고 취할 행동에 따라 마스터의 편이 될 수도 있고 이제까지처럼 계속 경계 대상이 될 수도 있습니다. 만일 총수 주현문에게 성수에 대한 정보를 밝히지 않고 비밀로 한다면 도혁

수를 마스터의 편으로 끌어들이는 것도 좋겠습니다.

'난 도혁수에게 기회를 주었지만 선택은 그의 자유다. 원수의 충견으로 남을 도혁수 성격은 아니지만, 만에 하나 도혁수가 주현문 총수에게 성수의 존재를 밝힌다면 그에 상응하는 대가를 치르도록 만들어 주면 된다.'

석기는 도혁수가 만일 성수에 대한 정보를 주현문 총수에게 밝힌다고 해도, 그것에 대한 대책은 있었기에 걱정은 없었다.

❁

아침이 되었다.

오피스텔을 나온 석기.

그런데 그는 회사로 출근을 하는 것이 아니라, 주차장으로 내려가 차를 몰고는 한강변으로 향했다.

끼이익!

그렇게 한강변에 도착한 석기.

봄으로 무르익은 한강변의 멋진 경관에도 아랑곳하지 않는 듯, 차에서 내려 주위를 스윽 한번 둘러보던 석기는 근처에 세워진 검은색 승용차를 발견하자 그곳으로 뚜벅뚜벅 걸어갔다.

스르륵!

그러자 석기의 그런 움직임에 마치 기다렸다는 듯이 승용차의 운전석 쪽 차창이 아래로 내려왔다.

석기가 걸음을 멈추었다.

석기의 눈에 운전석에 탄 사내가 보였다.

차가운 인상인 중년 사내.

석기가 익히 알고 있는 인물이다.

잠시 두 사람의 눈빛 교환이 이루어지고.

석기는 승용차를 앞으로 돌아서 조수석에 올라탔다.

석기를 이곳으로 불러낸 사내는 바로 도혁수였다.

도혁수에게서 한강변에서 만나자는 연락이 왔던 것이다.

그렇다는 것은 도혁수는 주현문 총수가 아니라 석기를 선택했다는 의미였다.

석기가 준 기회.

도혁수는 다행히 그걸 놓치지 않고 석기의 손을 잡으려는 것임을.

만일 도혁수가 석기가 아니라 주현문 총수를 택했다면 하수인이 녹음 파일로 보내 준 성수에 대한 정보가 도혁수의 머릿속에서 백지화되어 기억에서 말끔히 사라졌을 것이다. 그리고 중간 책 역할을 맡았던 하수인의 기억도 똑같은 현상이 비롯되었을 것이고.

신비로운 블루문을 취한 석기다.

갈수록 성수에 관련된 일을 조작하는 일이 수월해졌다.

그랬기에 구민재 연구실에 도청기가 숨겨져 있다는 것을 알고도 자신 있게 성수에 대한 언급을 꺼낸 것이다.

"도혁수 씨! 유토피아와 적대 관계인 명성에 몸을 담고 있는 분이 무슨 일로 저를 보자고 한 거죠?"

석기는 도혁수가 왜 그를 한강변에서 만나자고 한 건지 이유를 알고 있었지만 상대를 한번 떠보듯이 나왔다.

"단도직입적으로 말씀드리겠습니다. 그동안 저는 주현문 총수의 지시로 신 대표님을 쭉 감시하고 있었습니다. 주현문 총수가 원하는 것을 신 대표님이 갖고 있을지도 모른다고 의심을 했기에 그런 지시를 내렸을 겁니다."

"그래서요?"

"……."

도혁수는 석기가 자신의 말을 듣고도 전혀 당황하는 기색을 보이지 않으니 살짝 어처구니가 없긴 했지만 오히려 석기에 대한 믿음은 커졌다.

[역시 신 대표는 모든 것을 알고 있었어. 성수에 대한 정보, 아무래도 그건 나를 시험하기 위한 미끼에 불과했던 모양이군.]

도혁수 속마음이 들렸다.

어제 하수인을 통해 성수에 대한 정보를 얻긴 했지만 그걸 주현문 총수에게 밝히지 않고 석기를 택한 것은 어쩌면 이것이 시험일 수도 있다고 생각했다.

시험은 곧 기회라고 여겼다.

그랬기에 도혁수는 성수에 대한 정보를 알아냈지만 찾아온 기회를 놓치지 않고 석기를 선택하게 된 것이다.

"도혁수 씨가 지금 무슨 생각을 하고 있는지 맞춰 볼까요?"

"……."

"그동안 저를 쭉 감시했다니 도혁수 씨는 어제 제가 양평에 있는 유토피아 연구실을 방문한 것도 알고 있겠군요. 그리고 구민재 연구팀장과 나눈 대화 내용을 통해 뭔가를 얻게 되었을 겁니다."

"……."

"하지만 성수에 대한 정보, 그것은 도혁수 씨가 생각한 대로 시험이 맞습니다. 저는 도혁수 씨와 함께 일을 도모고자 기회를 주었고, 도혁수 씨는 그 기회를 놓치지 않고 저를 선택했습니다."

석기의 말은 들은 도혁수의 눈빛이 파르르 흔들렸다. 명성금융에서 '빙마'로 일컬어질 정도로 냉정한 포커페이스였지만 석기의 말에 가면에 금이 가고 말았다.

[그렇다면 정말 신 대표가 천운그룹 회장의 혈육이란 말인가?]

도혁수 속마음을 들은 석기는 속으로 씁쓸히 웃었다.

어린 시절 납치당했다가 불에 탄 폐건물에서 죽은 것으로 처리된 석기였기에, 세상에 그 누구도 석기를 천운그룹 회장의 혈육과 연관을 지을 일은 없을 것이라 여겼다.

그랬는데 도혁수가 이를 알아냈다.

석기의 신상을 파악하는 것은 결코 쉽지 않은 일이었을 텐데도 도혁수는 조사 끝에 석기가 천운그룹의 회장 아들일지 모른다는 결론에 도달했던 모양이다.

'역시 도혁수에게 기회를 주기를 잘했다.'

사실 석기는 굳이 도혁수와 손을 잡지 않더라도 얼마든지 명성을 혼자의 힘으로 무너뜨릴 수가 있었다.

그럼에도 도혁수에게 기회를 주려고 한 것.

그건 도혁수가 석기와 비슷한 처지라는 것에 마음이 쓰였기 때문이다.

석기는 블루를 통해 도혁수의 과거사를 알고 있었다.

차명성.

그것이 바로 도혁수의 본래 이름이라는 것도.

명성금융과 명성미디어.

그것들이 결국 도혁수의 집안을 풍비박산 내 버린 대가로 세워진 것까지 말이다.

그리고 주현문은 비열한 수법으로 도혁수의 집안에서 운영하던 명성을 날름 처먹은 것으로도 부족해서 사업체를 키우고자 정부와 손을 잡고 석기의 집안을 풍비박산 내 버리는데 일등공신 역할을 한 것이다.

그래서 도혁수에게 기회를 줬다.

석기가 겨냥한 복수의 칼날 끝에는 주현문 총수가 있었기에.

석기 혼자서도 복수를 할 수 있었지만, 이왕이면 다른 사람도 아닌, 충견처럼 여겼던 도혁수에게 뒤통수를 거하게 맞는다면 주현문 총수가 받을 충격이 더욱 클 테니 말이다.

또한 명성 정보팀에서 중요한 비중을 차지하고 있는 도혁수였기에 그를 석기 편으로 돌리는 것은 명성에 제대로 치명타를 먹이는 일이 될 수도 있다는 점이다.

"도혁수 씨! 성수는 물론이고 저에 대한 정보도 주현문 총수에게 까발리지 않은 듯싶군요. 물론 그렇게 한 것은 도혁수 씨도 이유가 있었겠지요. 도혁수 씨가 저에 대한 과거의 비사를 캐낸 것처럼, 저 역시도 도혁수 씨의 과거사를 캐낸 상태이니까요."

"……."

도혁수가 석기의 얼굴을 침묵을 유지한 채 쳐다봤다.

[신 대표는 내가 차명성이라는 것을 눈치챈 것이 분명해. 그렇다면 더는 밀당을 할 필요도 없겠군.]

한편으론 도혁수는 석기가 자신의 과거사를 모두 알고 있다고 생각하자 이상하게 마음이 홀가분했다.

그러자 침묵하고는 있지만 굳어 있던 도혁수의 기세가 눈에 띄게 편안해진 점에 석기는 드디어 도혁수의 마음을 샀다고 여겼다.

"앞으로 제가 어떻게 신 대표님을 도우면 되겠습니까?"

도혁수가 석기와 한편이 되었다.

한번 결정한 마음을 쉽게 번복할 도혁수의 성격이 절대 아니긴 했지만, 그래도 보다 확실한 결속을 다지기 위한 차원에서 블루를 통해 얻은 정보를 살짝 맛보기로 풀어 보기로 했다.

"명성미디어에서 진행하는 영화 사업은 도혁수 씨가 굳이 나서지 않더라도 망하게 될 겁니다. 일단 정소아 아역 배우의 부친이 마카오에서 도박 혐의로 물의를 빚게 될 거고, 더욱 큰 문제는 남자 주인공으로 캐스팅된 서한빈 배우를 비롯하여 명성엔터에 속한 연예인들 대다수도 마약 복용 혐의로 구속될 테니까요. 물론 지금 제가 말한 정보는 영화가 거의 완성된 가을쯤 기사가 터질 것으로 예상되지만요."

"그런 정보를 어디서 입수한 겁니까?"

도혁수가 석기를 빤히 주시했다.

명성 정보팀의 정보력은 국내 최고였음에도 방금 석기가 말한 정보를 전혀 파악하지 못한 탓이다.

그렇다고 없는 거짓말을 함부로 장담할 인물이 아니란 점에 도혁수의 의문이 증폭되었다.

"이건 저만이 아는 루트를 통해 얻은 정보입니다."

"신 대표님이 알고 계시는 루트? 그곳이 대체 어디죠?"

"그건 밝힐 수 없습니다. 물론 도혁수 씨 입장에선 명성 정보팀에서는 아직 파악하지 못한 정보라 반신반의하는 마음이 들 수도 있을 겁니다. 하지만 분명 드러나게 될 정보임을 보장합니다."

도혁수가 고개를 끄덕였다.

"알겠습니다. 신 대표님과 손을 잡기로 한 이상 신 대표님을 믿어 보겠습니다."

도혁수 눈빛에서 진심을 읽은 석기도 앞으로의 일에 대한 계획을 밝혔다.

"저 역시 도혁수 씨를 믿고 일을 진행하겠습니다. 그리고 저와 손잡았다고는 해도 표면적으로는 도혁수 씨는 명성의 사람이니 당분간 명성의 일에 집중하는 것이 좋을 겁니다. 그런 의미에서 주현문 총수가 도혁수 씨를 계속 신뢰할 수 있게 만들려면 하수인으로부터 얻은 성수에 대한 정보를 주현문 총수에게 밝히는 것도 좋겠네요."

"하! 그게 무슨 말입니까? 성수에 대한 정보를 주현문 총수에게 밝히면 안 되는 일이지 않습니까?"

도혁수가 깜짝 놀란 기색으로 석기를 쳐다봤다.

성수에 대해서 아직 자세히 알지는 못했지만 그도 눈치가 있었다. 주현문 총수가 찾고 있는 핵심 물질이 성수와 밀접한 연관이 있을 것이라 여겼다.

그랬기에 성수에 대한 정보를 주현문 총수에게 알린다는 것은 아주 위험했다.

아직은 석기보다 더욱 큰 재력과 권력을 손에 넣고 있는 주현문 총수였다. 마음만 먹으면 쉽게 구민재 팀장이 보유한 성수를 훔쳐 낼 수 있을 터. 심지어 석기가 천운그룹 회장의 혈육임이 알려지면 주현문은 지닌 모든 것을 동원해서 반드시 석기를 죽이려 들 것이다.

하지만 도혁수의 불안한 표정과는 달리 느긋한 석기의 태도였다.

"설령 성수를 주현문 총수에게 빼앗긴다고 해도 상관없습니다."

"상관없다고요? 혹시 성수가 핵심 물질이 아니란 겁니까?"

"핵심 물질과 연관 있는 것은 확실합니다."

"하아! 그렇다면 왜?"

핵심 물질은 블루문을 의미했다.

하지만 블루문을 석기가 흡수한 것을 전혀 모르는 도혁수였기에 성수에 대한 정보를 주현문에게 알리라는 말에 이리 펄쩍 뛰고 있을 것이다.

하지만 구민재에게 준 성수가 설령 주현문 총수의 손에 들어가게 된다 해도 성수의 신비로운 효험을 전혀 보지 못할 것이다.

오히려 주현문 총수는 성수를 훔치도록 한 것을 두고두고 후회하게 될 것이다.

아직 과거의 죗값을 치르지 못한 주현문 총수다.

거기에 곱빼기로 복수를 해 줄 작정이다.

물론 주현문 총수가 성수를 훔친다면 말이다.

그랬기에 성수에 대한 정보를 주현문에게 까발리라는 것은, 일종의 주현문을 심판하기 위한 덫이라 봐도 좋았다.

그리고 성수에 대한 정보를 밝히는 일은 도혁수가 적격이다.

주현문 뒤통수를 화끈하게 날리기 위한 복수.

"성수에 대해선 자세히 설명할 수 없음을 양해 바랍니다. 하지만 주현문 총수가 만일 성수에 욕심을 부린다면, 그래서 그것을 훔쳐서 손에 넣게 된다면 오히려 저로선 잘된 일이죠. 뭐가 잘된 일인지에 대해선 나중에 알게 될 겁니다. 그러니 안심하고 성수에 대한 정보를 주현문 총수에게 밝혀도 됩니다."

"신 대표님이 정 그리 말씀하신다면…… 알겠습니다."

석기의 차가 한강변을 떠났다.

차 안에 혼자 남은 도혁수는 석기와의 은밀한 만남을 위해 일부러 빼 놓았던 차량 블랙박스의 메모리칩을 다시 제자리에 끼워 놓고는 차를 명성미디어로 출발시켰다.

그렇게 명성미디어 주차장에 도혁수가 몰고 온 차가 도착할 무렵.

-도 실장! 알아보란 일은 어떻게 되어 가고 있는가?

주현문 총수의 전화였다.

도혁수는 침착한 눈빛으로 주현문의 질문에 응대했다.

"아직까지는 조사 중입니다."

-신석기 그놈에 대한 뒷조사를 해 봤을 거 아닌가? 뭐라도 하나 건진 것이 없다는 말인가?

"지금으로써는 그렇습니다."

-양평 야산에 유토피아 연구소가 있다면서. 그곳에서도 파악한 것이 전혀 없다는 건가?

주현문 총수의 채근에 도혁수는 갈등이 일었다.

석기의 말대로 따른다면 구민재가 갖고 있는 성수에 대한 보고를 해야 마땅했다.

하지만 정말 성수에 대한 정보를 주현문 총수에게 넘겨도 좋을지 아직도 갈피가 서지 않았다.

침묵하는 도혁수의 반응에 주현문의 음성이 은근하게 들려왔다.

-도 실장! 왜 그러는가? 혹시 그곳에서 뭔가 발견한 것이라도 있는 건가?

이제 도혁수의 결정이 남았다.
성수에 대한 정보를 알리느냐.
아니면 그것을 비밀로 하느냐.

다음 권으로 이어집니다